D0868929

# Le cœur au blender

CHARLES PAQUIN

# Le cœur
# au blender

Roman

Stanké
QUEBECOR MEDIA

**Catalogage avant publication de Bibliothèque et Archives Canada**

Paquin, Charles

    Le cœur au blender

    ISBN 2-7604-1021-8

    I. Titre.

PS8631.A68C63 2005       C843'.6       C2005-941092-2
PS9631.A68F63 2005

Directrice littéraire : Monique H. Messier
Infographie et mise en pages : Luc Jacques
Illustration de la couverture : Christian Campana
Collaboration à la couverture : Denis Desrochers

Les Éditions internationales Alain Stanké remercient le ministère
du Patrimoine canadien, le Conseil des arts du Canada, la Société de
développement des entreprises culturelles du Québec (SODEC) et le
Programme de crédit d'impôt du gouvernement du Québec du soutien
accordé à son programme de publication.

Une petite partie de ce roman a déjà été publiée sous forme de
nouvelle dans la revue *Stop* n° 125 (juin-juillet-août 1992).

Les Éditions internationales Alain Stanké    Stanké international, Paris
7, chemin Bates                      Tél. : 01.40.26.33.60
Outremont (Québec)  H2V 4V7     Téléc. : 01.40.26.33.60
Tél. : (514) 396-5151
Téléc. : (514) 396-0440
editions@stanke.com

Dépôt légal
3ᵉ trimestre 2005

ISBN 2-7604-1021-8

Diffusion au Canada : Québec-Livres
Diffusion hors Canada : Interforum

*Toutes les impossibilités
n'en sont qu'une ;
celle d'aimer, celle de sortir
de sa propre tristesse.*

<small>CIORAN</small>

Moi, Alex, 27 ans, l'acteur qui ne perce pas. Moi, le « tanné des filles ». Moi, moi, moi. J'arrive à ce *party* où il y a plein de gens que je connais. Et plein d'autres que je n'ai jamais vus. C'est l'été, tout le monde est de bonne humeur. Je discute avec Marie-Claude, une collègue comédienne. Tandis qu'elle me parle littérature, je me demande pourquoi je n'ai pas envie de la sauter. Elle a tout, pourtant. Vraiment tout.

Un ami m'offre un martini, comme ça. Je souris, on dirait que je suis heureux. Mon regard s'aventure, fait le tour. C'est là que je l'aperçois, au bar. Le coup de foudre. Le grand, le vrai, le sublime, le méchant. Celui dont on se remet tard et péniblement. Je l'aime déjà. À partir de ce moment, il n'y a qu'elle, elle et elle. Je ne lui ai pas encore parlé et je ne suis déjà plus moi.

Je connais Sylvie, la fille à qui elle parle. Je profite du fait que ma collègue s'éloigne vers les toilettes pour m'approcher d'elles. Sur mon chemin, je croise Fred, un réalisateur, et lui demande qui elle est. Il me répond : « Une ado blasée. » Mais je suis déjà en amour, alors je continue : « Mais encore ? » Il dit : « Marylène. » Le choc. Le nom résonne et résonne dans ma tête. Il précise : « 26 ans, journaliste arts et spectacles, fréquentations multiples. » Je suis cuit.

Je l'observe. Elle a quelque chose dans le regard qui m'ébranle le cœur, un mélange de force et de vulnérabilité. Rien à faire, je suis soufflé. J'entre dans sa bulle sans préambule. Elle semble lasse, presque déprimée. Peut-être une mauvaise soirée, me dis-je, c'est tout. Elle fume une cigarette. Je déteste la cigarette mais, cette fois-ci, je fais une exception. Quand on est en amour, on fait des compromis. En tout cas, c'est ce qu'on dit. Je commence par parler à Sylvie pour l'apprivoiser par la bande. *Cruise cross corner*. Mais elle voit dans mon jeu. Tellement, en fait, qu'elle réagit comme une vraie fille, elle feint l'indifférence totale.

À un moment, Sylvie se retourne pour parler à quelqu'un d'autre, et je me retrouve seul avec Marylène. Elle fait une moue, comme si rien ne pouvait venir rallumer sa vie. Les premiers mots qu'elle m'entend prononcer sont « tu es absolument craquante ». Elle voudrait ne pas réagir, mais mes flèches de séduction sont bien affûtées. J'ai tellement pratiqué, voici enfin le grand soir. La date n'est jamais prévue d'avance. Je suis sur scène.

Elle ne réussit pas à dissimuler un tout petit sourire. Je sais qu'elle sait déjà que je suis aussi fort qu'elle, et qu'on fera un bout de chemin ensemble. Mais, pour l'instant, elle tient à ce que ça ne paraisse pas. J'accepte la convention. Elle prononce les premières paroles d'usage. Je la coupe parce que ce n'est pas important et lui demande si elle me trouve beau. Déstabilisée, autre petit sourire. Elle baisse alors les yeux, écrase sa cigarette pour faire diversion, tandis que moi, je la fixe intensément.

Elle relève les yeux et répond « non ». Je souris. Je l'aime déjà, et elle le sait. Ça l'excite et ça lui fait peur en même temps. Je lui dis qu'on pourrait éviter les préliminaires, pour une fois, et qu'elle peut m'embrasser tout de suite. Elle sourit légèrement. Je voudrais déjà sauter sans parachute comme quand on tombe en amour. Je suis déjà rempli d'elle, elle descend en moi comme un porto, mon cœur bat différemment. Elle me dit alors qu'elle n'a pas besoin de moi, qu'elle a déjà plein d'amants. Je lui réponds du tac au tac qu'avec moi, elle n'aura plus besoin des autres. Cette fois, elle me regarde vraiment parce qu'elle sait que j'ai raison. J'en rajoute en disant : « Je vais te sauver, tu vas voir. » Sur le coup, je ne comprends pas vraiment pourquoi je lance ça, ce n'est pas vraiment mon style, mais bon. Je comprendrai seulement plus tard. On comprend toujours trop tard.

Ça pétille un peu plus dans ses yeux, sans qu'elle le veuille. Elle est déjà proche, mais elle arrive de trop loin. Et nous n'allons pas au même endroit. Néanmoins, pour l'instant, il fait bon sur le quai.

Ses yeux parlent à mes yeux, son âme à mon âme. C'est elle qui a la clé. La clé deviendra aiguille, je ne le sais pas encore. Puis bazooka. Ça aussi, je l'apprendrai plus tard. Je vous le dis, on apprend toujours tout trop tard. L'expérience, c'est ce que t'apprends juste après en avoir eu besoin.

Un premier silence. Il est temps que nous passions à d'autres appels. Je feins de quitter sans conclure. Elle dit : « Tu m'écriras si ça te tente. » Je dis : « C'est ça », toujours en feignant l'indifférence. Je lui donne deux becs sur les joues, juste pour savoir si elle sent bon. Elle sent bon. Je sais que c'est elle. Et je sais que ce n'est pas la bonne. Et je sais que je vais me casser la gueule. Mais que je vais foncer quand même. Cœur premier.

Je suis déjà en chute libre. On pense pouvoir s'agripper à quelque chose en chemin. Il n'y a rien à quoi s'agripper. En sortant, j'appelle mon chum Stef, je lui dis que je viens de rencontrer ma prochaine blonde. Il me fait répéter le mot « blonde » trois fois.

Le lendemain matin, je vais à son journal lui porter mon dossier avec de belles photos de moi en couleurs. J'écris « à accrocher au-dessus de ton lit ». Fausse indifférence + légère arrogance + humour = succès. Dans l'après-midi, je reçois un courriel. Elle commence par : « Bonjour, monsieur-qui-vient-me-porter-des-photos-de-lui-à-la-première-heure-le-lendemain-de-notre-première-rencontre. » Puis, elle m'écrit qu'elle reste sur ses positions, que je ne suis pas son style et qu'elle n'est pas le genre de fille qui se laisse impressionner par ce genre de truc.

Enfin, elle me demande ce que je veux, en ajoutant que je peux lui répondre seulement si je me souviens pourquoi je la trouvais si craquante. Elle termine en écrivant qu'elle sera en vacances dans quelques heures, mais qu'elle va prendre ses messages, de temps à autre.

Je décide de mettre le paquet : des citations, de l'humour, un peu de profondeur. Je pense que c'est un *mix* irrésistible. Vers deux heures du matin, je ne peux dormir. Ça ne m'arrive jamais. J'ouvre mon ordi pour prendre mes courriels. Ça non plus, au milieu de la nuit, ça ne m'arrive jamais. Il y en a un d'elle. Qui a été envoyé il y a... deux minutes. Elle me demande si je suis là. Mais, pourquoi serais-je là à deux heures du matin ? Elle m'écrit qu'elle vient de faire un cauchemar et que, comme je lui avais dit que je la sauverais, je pourrais peut-être commencer par la sauver d'un cauchemar. J'aperçois son numéro de téléphone au bas du message.

Je l'appelle. Elle est surprise. Je la rassure. Elle semble un peu perdue. Je lui dis que j'arrive. Elle dit : « Pardon ? » Je lui répète que j'arrive. Silence. Elle me donne son adresse. Lorsqu'elle vient me répondre, elle me dit que ça n'a pas d'allure de laisser un étranger entrer chez elle au beau milieu de la nuit. D'emblée, je veux la prendre dans mes bras, mais elle refuse. Elle devient soudainement farouche. Je m'assois, elle me demande si je veux boire quelque chose, je réponds par l'affirmative. Quand elle me tend le verre, je lui dis : « Embrasse-moi. » Elle pousse un soupir d'exaspération et se détourne.

Elle n'est pas si jolie, finalement, et son appart est un vrai fouillis. Deux chats se pointent. Je déteste les chats, tous des hypocrites. Sur les murs, des photos de gars et de filles, des livres, des CD, des papiers, des journaux. Son univers est un bordel. Sa tête aussi. Mais ça aussi, je le découvrirai seulement plus tard. Pour l'instant, je suis trop occupé à tomber.

Dehors, il pleut un peu. Elle ouvre la porte pour faire de l'air et parce qu'elle aime le son de la pluie. Tandis qu'elle va aux toilettes, je mets du vieux Cabrel. Lorsqu'elle revient, je sais qu'avec ce choix, j'ai marqué un point. C'est là qu'elle consent enfin à venir se blottir contre moi. Nos corps restent soudés pendant des heures. Jusqu'au petit matin, en fait. Je sais que je devrai me contenter de ça et de rien d'autre. Mais ça ne me dérange pas, je suis au ciel. Nos corps sont faits l'un pour l'autre, on en prend tous les deux conscience.

Dans le petit matin, je peux constater encore plus l'état de son appartement. Non seulement c'est bordélique, mais c'est sale. Et il n'y a rien dans le frigo. Un indice qui ne ment jamais. Pourtant, je veux faire partie de sa vie. Allez savoir. Je me découvre des envies de gars tordu. Ce n'est pas moi, mais je suis pris avec cet autre dans mon corps. Qui veut tellement.

Je dois partir, j'ai une audition pour une pub. C'est l'autre qui joue, le gars tordu. Il est mauvais, il n'est pas dedans, aucunement concentré. Lorsque je reviens, je prends mes courriels. Déjà, je suis dépendant d'elle. J'ai besoin de ses mots comme d'autres de coke. Elle dit que ses vacances doivent marquer la fin d'un mode de vie qui l'a fait à la fois tripper et badtripper tout l'été et qu'il lui reste une semaine de réflexion pour savoir ce qu'elle veut vraiment. Et que moi, je viens tout chambarder avec mes grands mots et mes grands moyens. Et que dans mes bras, elle était presque zen, mais que là, en ce moment, elle est perdue. Elle dit aussi qu'elle me trouve *cute,* finalement. Et que je sens vraiment bon. Puis, elle me remercie de l'avoir sauvée. Elle ajoute un « P.-S. » : « Je suis dans un drôle de néant. » Je trouve ça beau.

J'aime qu'elle soit belle, sans l'être vraiment, qu'elle soit forte, sans le savoir, qu'elle soit perdue, sans le voir, qu'elle m'aime déjà, sans le vouloir. Je lui réécris tout de suite. Elle est déjà à l'intérieur de moi. J'ose lui avouer. Je suis nerveux, cela doit paraître dans mon écriture. Elle répond en quelques secondes : « J'ai ouvert mon ordinateur seulement pour t'envoyer un petit mot. Tu me manques déjà. J'ai tellement envie de toi. Et, ne t'inquiète pas, on va s'aimer. Je ne suis quand même pas pour écrire "je t'aime" ! » Je réponds : « Oui, tu peux. » Elle répond : « Et ce soir ? On a volontairement omis de parler de ce soir. Va-t-on vraiment essayer de passer une nuit séparés ? Tu sais qu'on sait que c'est peine perdue. » Puis, elle signe : « Tu (et nous) me fascinent. » Je trouve ça encore plus beau.

Je dois partir, j'ai une autre audition. Je ne sais pas ce que je vais faire sans courriels durant quelques heures. J'offre une autre de mes performances médiocres devant les regards blasés des membres de l'agence de pub. Dès que je reviens, heureusement, j'ai un message d'elle. « T'es où ? Tu ne m'aimes plus ? Mon cœur chavire. » Nous échangeons et échangeons sans cesse des courriels. Sur tout. Elle me parle de sa vie professionnelle qui l'épuise. De sa vie amoureuse, qui l'épuise tout autant. On parle de la mesquinerie ambiante, du peu de vie qu'il y a dans la vie. De cinéma, d'amour, de tout ce qui compte, quoi.

Je laisse d'emblée toutes mes amantes parce qu'elle me comble. Même si je n'ai pas encore baisé avec elle. Elle a une vivacité d'esprit stupéfiante et, comme moi, elle dit toute la vérité, rien que la vérité. Je suis fasciné par son impudeur, sa désinvolture et sa singularité.

Le vendredi suivant, après un *party,* elle vient dormir chez moi. Tout endormi, je la fais entrer. Dans le couloir qui mène à la chambre, elle laisse choir ses vêtements, un par un. J'opte pour l'attitude James Bond, la première qui me vient à l'esprit. Je m'avance tranquillement vers elle. Rendu tout près, je m'agenouille. Je passe mes lèvres doucement sur ses cuisses. Puis, sur son slip. Je monte jusqu'au nombril, sort la langue. Une chair de poule subtile se dresse sous mes lèvres. Elle s'agenouille à son tour. Nous nous embrassons passionnément. Nos langues dansent, je mordille sa lèvre supérieure. Au même moment, mes mains passent à l'action. Mon majeur commence à ressentir un peu d'humidité. Elle rejette la tête par en arrière et ferme les yeux. Je presse ses seins avec mes deux mains. La tête toujours renversée vers l'arrière, elle détache son soutien-gorge. Deux beaux seins fermes s'offrent à moi dans toute leur splendeur. Je commence à sucer celui de droite, puis celui de gauche.

Elle se laisse glisser sur le tapis. Je la lèche partout. Je promène ma bouche sur son ventre, sur son slip, sur ses jambes. Elle lève un peu la jambe droite pour effectuer une pression sur mon sexe. Je suis déjà bandé au maximum. Mes genoux me font mal. J'amorce un mouvement vertical. Elle se lève elle aussi. Je vais dans la salle de bain, tandis qu'elle se dirige vers le lit. J'enfile un condom. Elle écarte les jambes au moment où je descends vers elle. J'introduis mon sexe. C'est comme une décharge électrique. J'amorce un va-et-vient frénétique qu'elle accentue avec un mouvement du bassin. J'empoigne de nouveau ses seins et les serre très fort. Puis, elle me repousse, se retourne et s'agenouille. Elle a un cul extraordinaire.

Elle commence à se caresser, je m'avance et lui lèche la vulve, puis je remonte ma langue. Elle gémit. J'introduis de nouveau mon sexe en elle. J'empoigne ses fesses. Je l'attire et la repousse avec mes mains, mon sexe entre et sort rapidement. Quand elle atteint l'orgasme, j'enlève mon condom et je jouis sur elle. Le sperme part en flèche sur son dos. Il coule le long de sa colonne vertébrale tandis qu'elle s'effondre sur le lit. Je tombe à ses côtés. Nos haletons plusieurs minutes avant de reprendre nos sens. Elle laisse échapper un profond soupir. Elle se lève et m'invite à la suivre sous la douche. Ce que je fais. Avec plaisir.

Le lendemain, nous faisons l'amour quatre fois de suite. Son corps m'enchante, ses yeux me filent le vertige. Il y a des condoms partout. Je sais que les voisins l'entendent gémir. Et que ça ne la dérange pas. Nous réussissons finalement à nous extirper du lit, autour de midi. Elle donne des coups de langue sur mes lèvres et part. Elle est une chatte de ruelle, et une chatte de ruelle finit par retourner dans la ruelle.

Deux minutes après avoir fermé la porte, elle m'appelle. Elle m'ordonne de regarder par la fenêtre. Je la vois, du deuxième, assise dans sa voiture. Elle se caresse. Elle me demande si je l'aime. Ça fait une semaine, maintenant, qu'elle me pose la question plusieurs fois par jour et que je ne réponds pas. Cette fois, j'en ai envie. Je sais que c'est ma seule chance de faire passer notre relation à un autre niveau, là où le moteur tournera à la fois moins vite, mais nous fera gagner de la vitesse. Bref, où il passera de la petite *gear* à la grande *gear*. Alors, je dis : « oui ». Un petit oui, à peine audible. Elle ne l'a peut-être même pas entendu. Mais, non, elle a très bien compris. Elle gémit un peu, se caresse plus fort. Elle me dit : « Je n'ai pas entendu… Alors ? » Je parle un peu plus fort : « Oui, je t'aime. » Elle sort alors de sa voiture et me crie : « Prouve-le. » Elle m'aurait demandé en mariage que je lui aurais dit oui. Je jette un coup d'œil pour voir si les voisins peuvent entendre. Je voudrais me jeter par la fenêtre pour être rapidement auprès d'elle. Elle reparle dans le combiné. « Dis-le-moi, très fort, sinon je te quitte. »

Elle est debout, les coudes appuyés sur le toit de sa voiture, une main tenant le téléphone, l'autre dans ses cheveux. Elle coupe et dépose son cellulaire sur le toit, puis met ses deux mains dans son pantalon, sur son sexe, comme elle le fait si souvent. Elle redit : « Fort ! » Je décide plutôt de l'écrire au crayon feutre sur une feuille. J'en fais un avion et le lance. L'avion file jusqu'à elle et s'écrase sur le trottoir. Elle sourit.

Elle court voir la réponse. Se met à sautiller sur place. Je descends. Elle me regarde venir vers elle. Ses dents mordent mes lèvres, je serre ses petites fesses dans mes mains. Elle lèche ma langue encore et encore. Je l'appuie sur sa voiture et serre ses seins. Un homme passe. Nous prenons une pause. Il nous sourit tendrement, mais de toutes ses dents. Je sais que nous sommes beaux, que la scène est belle. Je sais aussi que le scénario ne nous mènera pas à l'amour véritable, mais j'ignore encore pourquoi.

Elle doit partir. Elle me laisse le cœur tout gonflé. De trop-plein, de vide, je ne sais pas trop. On n'a jamais su. On ne saura jamais. Je lui écris pour lui dire qu'elle a remplacé mon cœur par un accordéon.

Le lendemain, elle m'envoie ce courriel : « Quand je te regarde dans les yeux, ça remplit mon cœur d'une drôle de sensation, à la fois agréable et intense, ma petite culotte me chatouille. J'adore tes yeux, ton nez, tes sourcils, tes lèvres, tes épaules et le goût de ta bouche. Tout ton corps m'enchante quand tu es en moi. Ton regard amusé m'émerveille et me subjugue l'esprit. Tes paroles m'enivrent. Ton air joyeux me ravit, ton air triste me chavire. Ton rire... lorsque tu ris, ça remplit mon ventre de bonheur. Je fais tout pour que tu ris le plus souvent possible, parce que j'aime te voir et t'entendre rire. Et j'aime nos fous rires, tous nos fous rires, j'en veux encore et encore.

« J'ai été totalement séduite par ta voix, la nuit où je l'ai entendue au téléphone à deux heures du matin (le cauchemar, tu te souviens ?), alors qu'il n'y avait que ça dans le noir de ma chambre. Et depuis, je t'espère au bout du fil chaque fois que le téléphone sonne. Et même quand il ne sonne pas.

« Tout en toi me fascine. Je pense que ce sentiment à la fois léger et profond, candide et essentiel, peut nous enrichir. À nous de faire très attention l'un à l'autre dans cette aventure déroutante qui nous rend si vulnérables et qui pourrait nous blesser.

À plus tard, amour.

m. »

Le week-end suivant, elle m'invite au chalet de son père. Nous arrivons autour de midi. Il fait un soleil splendide. Aussitôt à l'intérieur, elle enlève ses vêtements. Tous ses vêtements. Elle se promène nue, de façon totalement désinvolte. Elle marche vers la piscine et plonge. Je suis complètement troublé. Je sors en boxers et vais la rejoindre. Je tente de l'approcher dans l'eau, mais elle boude. Je ne connais pas la raison.

Nous nageons un peu, le temps est superbe, mais l'atmosphère, bizarre. Après quelques minutes, elle me demande pourquoi je ne veux pas d'enfant. Je fige carrément. Nous n'avons jamais abordé le sujet. Mes yeux scannent les siens comme des rayons X. Aucun sourire. Elle est sérieuse comme l'ancien pape. Je bégaye. « Je... comment... » « C'est Sylvie qui m'a dit ça. »

Elle me fixe, hors d'elle. « S'il n'y a aucune chance que dans quelques années, tu veuilles un enfant, on arrête ça tout de suite. » Je suis dans l'eau jusqu'à la poitrine, mais je me noie. C'est sûrement ça, puisque je vois une partie de ma vie défiler devant mes yeux.

J'avais 17 ans, j'étais en amour avec la plus belle fille du monde, j'avais le feu dans les yeux et le vent dans les voiles. Je voulais devenir un grand acteur et j'étais convaincu d'y arriver. Elle était la fille d'un couple d'amis de mes parents. J'avais déjà beaucoup entendu parler d'elle avant de la rencontrer. Je crois bien qu'ils voulaient me *matcher* avec elle. Je me souviendrai toujours de la première fois, ses parents s'étaient arrêtés chez moi, je ne me rappelle plus trop pourquoi. Ils jasaient avec mon père, dans l'entrée, lorsque je suis revenu d'une partie de soccer. C'était au mois de juillet, il faisait un temps magnifique. Ses parents ont regardé en direction de la voiture. C'est là que je me suis aperçu de la présence de quelqu'un à l'intérieur. Et là, elle en est sortie. Elle s'appelait Marylène.

Je crois que mes yeux ont sailli de leurs orbites, comme dans les dessins animés. Moi qui pensais avoir vu toutes les plus belles filles du monde dans les magazines, à la télé et au cinéma. Je n'avais encore jamais vu de beauté comme elle. Mes yeux ont croisé les siens, puis tout s'est mis à tourner au ralenti. J'ai eu peur d'échapper mon vélo qui tenait de peine et de misère entre mes jambes devenues molles. J'espérais qu'aucun des trois adultes présents ne me regarde, car ils auraient constaté mon embarras. Un état de vertige et d'apesanteur mélangés. Tout mon être chutait déjà en elle. Elle venait de me brancher à la vie. Et, on ne le savait pas encore, mais j'allais l'aimer sa vie entière et, comme dans les grands contes de fées, nous allions nous marier, vivre heureux et avoir beaucoup d'enfants.

Nous nous sommes aimés profondément, passionnément, totalement. Nous étions à l'aube de notre vie et rien ne viendrait à bout de la passion et de la complicité qui nous unissaient. Au bal des finissants, nous étions « le couple qui s'aimait ». L'amour était déjà rare à l'époque, et nombreux étaient ceux qui nous enviaient. La jalousie était partout présente autour de nous. Nous le savions aux regards particuliers que l'on portait sur nous, et parce que certaines personnes osaient nous l'avouer, après quelques consommations.

C'est porté par cet élan d'invincibilité que l'on éprouve possiblement tous à l'adolescence que nous avons fêté en grand notre remise des diplômes. Au bal, j'étais le prince, elle, la princesse. J'ai levé le coude, pas à peu près. Parce que tant qu'à nager dans le bonheur, je m'étais dit que je pouvais en rajouter encore un peu. Je me souviendrai toujours de cette soirée. Il y avait des étoiles dans ses yeux bleus, une aura de couleur autour d'elle. Un peu plus petite que moi, des cheveux blonds magnifiques, un sourire étincelant et un corps de rêve. Un mélange de douceur et de caractère, d'insouciance et d'énergie.

L'après-bal avait lieu à Saint-Jean-sur-Richelieu. La fête avait continué et s'était spontanément transportée sur le bord de la plage. Yan-le-téméraire avait rapidement remarqué un Zodiac et avait proposé une petite virée sur l'eau. Je me souviens que personne ne s'y était opposé. Dix ans plus tard, je ressasse encore les visages dans ma tête, un par un. Même Josée-la-timide avait embarqué d'emblée. L'alcool était-il le seul responsable ? De mon côté, l'idée que cela puisse être dangereux ne m'a jamais traversé l'esprit.

Quelques secondes plus tard, nous étions sur l'eau. Les filles en robe, les gars en tuxedo. Une folie de jeunesse. Yan pilotait, la main droite agrippée à la poignée du moteur, le sourire espiègle. Guy en a rajouté en se levant et en criant. Nous étions à la fois ivres d'alcool et de témérité. Le vent nous fouettait le visage. La sensation de filer à toute vitesse dans cette obscurité opaque était à la fois douce et excitante. Puis, Yan a donné un coup de barre. Je n'ai jamais su si c'était volontaire. Nous sommes tous tombés, certains à l'eau. Sur le coup, quelques-uns ont ri aux éclats, tandis que d'autres ont complètement figé.

Et puis, ce fut la panique. Des cris et des injures se sont élevés dans la noirceur. Félix a voulu tasser Yan pour prendre les commandes. Certains étaient immobilisés par la peur, les autres changeaient de place pour aider ceux qui étaient à l'eau. J'ai trébuché. Nadia est tombée sur moi. Je me suis relevé rapidement. Je n'avais qu'une idée en tête, comme tous les gars : être le héros.

Yan a cherché plusieurs secondes dans la noirceur totale. Chaque seconde en était une de trop. Tout le monde devenait plus agressif. Une fille s'est alors mise à crier pour qu'on se taise. C'est à ce moment que nous avons entendu la voix de Jean-Sébastien, plus loin que nous pensions et pas dans la direction où nous cherchions. Yan a rapproché le Zodiac. Je me souviens alors avoir constaté que les vagues étaient plus importantes que je croyais pour une nuit si calme. Nous étions comme dans une autre dimension.

Lorsque nous sommes arrivés, Jean-Sébastien tenait Sophie dans ses bras, inconsciente. Nous avons aidé les deux à monter à bord. Sophie avait avalé beaucoup d'eau. Stéphanie, qui avait suivi des cours de premiers soins, lui a fait immédiatement des manœuvres de réanimation sous les regards incrédules. Yan a mis le cap sur la plage. Personne n'osait se regarder. Nous n'entendions que le bruit du moteur poussé au maximum.

Dès que nous avons touché terre, certains ont couru chercher de l'aide, tandis que d'autres s'occupaient de Sophie qui dégueulait de l'eau. Au moment où tout sembla arrangé, je n'eus qu'une seule envie : me blottir dans les bras de Marylène. Elle n'était pas sur la plage. J'ai suivi ceux qui marchaient rapidement en direction de l'auberge. Arrivé en haut, j'ai vu l'attroupement des autres diplômés qui avait commencé à se former sur la terrasse. Déjà, la rumeur se répandait.

J'attendais d'être dans les bras de Marylène avant de me mettre à pleurer. Une amie, Geneviève, est venue se réfugier contre ma poitrine. J'ai remarqué que son arcade sourcilière saignait. Je ne me souvenais même pas qu'elle était avec nous. J'ai regardé par-dessus son épaule en lui demandant si elle avait vu Marylène. La vitesse à laquelle elle s'est dégagée m'a aussitôt fait paniquer. Son « non » timide était rempli d'appréhension.

J'ai alors demandé « Avez-vous vu Marylène ? » je ne sais combien de fois. Je marchais partout dans l'auberge en répétant sans arrêt la même phrase : « Avez-vous vu Marylène ? » Je suis descendu à la plage sans cesser de rabâcher cette phrase à laquelle je m'accrochais comme à une bouée. Je parlais de plus en plus fort, en sachant que Geneviève aussi était à sa recherche. Sur la plage, Sophie était saine et sauve. Arrivé près du petit groupe autour d'elle, je n'ai eu qu'à poser une fois la question pour que règne un affreux silence. Lorsqu'ils se sont mis à s'interroger du regard, j'ai failli m'évanouir. Mon cœur a cessé de battre à cet instant précis. J'ai chancelé sur mes jambes. La salive dans ma bouche a disparu et le sang m'est monté à la tête. En un éclair, l'adrénaline s'est répandue dans tout mon corps.

J'ai couru jusqu'au Zodiac. Yan m'a rattrapé pour tenter de m'en empêcher. Mon regard était devenu fou. Sachant qu'il ne pourrait jamais me retenir, il a embarqué avec moi. L'autorité de son « je vais conduire » était, par contre, sans équivoque. Nous avons foncé dans la noirceur, sans lampe de poche, à la recherche de Marylène.

Ma raison, déjà, était sur le bord de se perdre. Yan semblait savoir où il s'en allait, cela m'a rassuré. Lorsqu'il s'est mis à ralentir, j'imaginais déjà ce que j'allais voir : une tête blonde avec les cheveux mouillés et peut-être un bras s'agiter faiblement. Nous avons regardé dans toutes les directions. Les secondes les plus interminables de ma vie. Parfois, Yan éteignait le moteur pour pouvoir entendre les appels au secours de Marylène. Puis, il le repartait, oscillant entre la gauche et la droite, l'avant et l'arrière. À intervalles réguliers, il éteignait le moteur. Nous n'entendions alors que le clapotis de l'eau frappant le Zodiac. C'était surréaliste.

La rage, puissante, montait en moi comme l'eau dans une embarcation trouée. Mon regard fouillait partout mais se figeait. Des larmes brouillaient ma vue. Déjà, tout s'écroulait en moi, mais je restais immobile comme une statue. J'entendais mon cœur battre fortement contre mes côtes. Yan et moi n'avons pas échangé un traître mot. Je ne sais pas combien de temps nous sommes restés là à fouiller l'eau noire, ma nouvelle ennemie. Une seule fois, je me suis retourné vers lui et j'ai compris qu'il n'y avait plus d'essence. Je me suis alors assis tout au fond du bateau. Je n'ai pas pleuré. J'encaissais le fait que je n'allais plus rien entendre du monde.

Les heures qui ont suivi demeurent très floues. Deux bateaux dans les vagues, justement. Au ralenti. Des policiers, une injection dans le bras, deux même, je crois, une civière, je ne sais plus pourquoi, le regard de toute l'école posé sur moi, alors qu'on m'embarquait dans l'ambulance. Elle était morte mais, moi, je devais continuer de vivre.

Elle était mon école, mon chemin, mon âme, mon étoile, ma voie, mon salut, ma lumière, ma maison, mon miroir, mon cœur, ma sœur, ma femme, mon amie, ma déesse, ma princesse, mon équilibre, mon oiseau, ma fleur, ma peau, mon pays, mon écho, mon rêve, ma douceur, ma joie, mon ivresse, mon refuge, mon espoir, mon autel, mes ailes, mon présent. Toute ma vie.

Le lendemain, le soleil ne s'est pas levé. Et je ne l'ai plus revu depuis. Je me suis terré dans ma chambre, située dans le sous-sol de mes parents, sans bouger, sans manger, pendant des jours et des jours.

Un matin, j'ai enfin ouvert les rideaux, juste le temps d'entrevoir un plafond gris, pour les refermer aussitôt. J'ai été pris d'un vertige qui ne m'a jamais complètement quitté. La mélancolie est peu à peu devenue ma meilleure amie. Bloc de nostalgie. Sans nuances. Je suis allé me recoucher. En moi, tout était dévasté. J'étais d'une indifférence totale vis-à-vis le monde entier et le monde entier m'ignorait.

J'aurais bien pu me donner la mort mais, à bien y réfléchir, pourquoi se donner la peine de poser un tel geste quand on ne vit déjà plus ?

Le ciel était bas et lourd. Le monde, gris. Gris infini, gris vague à l'âme, gris solitude. Un immense cimetière. Le temps s'écoulait comme un long supplice, chaque minute étant un calvaire. Plus rien n'avait de sens. Les bons sentiments, le *politically correctness,* la radio insipide, le bavardage *non-stop,* les chauffeurs impatients, les tours à bureaux. Tous ces gens qui s'activent pour rien. Qui travaillent pour travailler. Qui forment un couple pour former un couple. Qui prennent des vacances pour prendre des vacances.

Pourquoi n'avais-je pas pu la sauver ? Je ressassais sans cesse la scène dans ma tête. J'essayais de me souvenir de la dernière fois que je l'avais vue. Rien à faire. Ce puissant sentiment de culpabilité avait fait de moi un mutant. Je n'avais plus d'émotions, plus de sentiments. Je ne goûtais plus à aucun plaisir. La notion même de plaisir avait été évacuée. Il ne m'en restait qu'un souvenir flou, diaphane. Et personne ne pouvait rien pour moi.

J'ai décidé de sortir pour la première fois depuis plusieurs semaines. Dehors, la fraîcheur du vent m'a secoué un peu, mais je suis rapidement retourné dans mon état de torpeur avancée. Je marchais pour ne pas sombrer sur place. Je marchais pour ne pas m'arrêter définitivement. J'ai dérivé vers l'ouest, croisant enfin d'autres humains. Malheureux et seuls, ou malheureux et en couple. J'étais un homme invisible dans une foule tristement inconsciente.

J'étais devenu moi-même médiocre, comme eux. Une loque humaine. Ce monde avait réussi à faire de moi ce qu'il veut arriver à faire avec tout le monde. Nous rendre complètement zombies. Je n'avais pas besoin de drogue pour me geler. Je continuais à marcher, sans savoir où j'allais. Les rues étaient grises, de même que les trottoirs, les immeubles, le ciel et les gens.

Je me suis arrêté dans un bar pour prendre une bière. La première gorgée est descendue dans mon œsophage comme de l'arsenic. Je voulais être ailleurs, n'importe où mais ailleurs. À Paris ou à Reykjavík. Je voulais engourdir mon mal, je ne réussissais qu'à l'étourdir. J'ai quitté le bar comme un fantôme. Dans une ville comme la nôtre, nous sommes tous des fantômes. Assis à boire de la bière, rien ne peut survenir de bon.

J'ai repris mon chemin vers le mont Royal, évitant les nombreuses flaques de boue. Partout, par terre, des déchets qui traînaient. Des affiches, des bouteilles de bière, n'importe quoi. Il s'est mis à pleuvoir. Une bruine de spleen qui tapissait tout mon intérieur. J'avais faim, j'étais fatigué. Ma perception de moi et des autres était flouée, biaisée. Je le savais, mais je ne pouvais me départir de ce prisme déformant qui me renvoyait sans cesse ces images alarmantes, désespérantes, violentes.

Dorénavant, peu importe où j'allais, je me sentais comme un extraterrestre.

Même aux endroits que j'avais pourtant beaucoup fréquentés, jadis, j'étais maintenant un étranger. J'étais devenu un touriste dans ma propre ville. Mais un touriste qui ne s'émerveille plus. Devant rien ni personne.

Sur le mont Royal, entouré d'arbres, j'allais déjà un peu mieux. Mon premier contact avec la nature depuis longtemps. Je me suis assis sur un banc. Dorénavant, je devrais continuer avec ce costume noir collé sur ma peau, un costume que je ne pouvais plus enlever. Avec une âme dévastée, un cœur explosé.

Dans un état second, j'ai piqué à travers la montagne jusqu'au centre-ville. L'alcool m'attirait. Seule façon de sortir de cette torpeur. Jamais je n'avais eu autant le goût de cesser de me débattre. Une fois pour toutes. C'était la panique dans mon ventre et, pourtant, il ne se passait rien. Le calme plat dans la tempête. Je descendais et descendais encore. Dans le noir. Sans jamais atteindre le fond.

Cette nuit-là, je ne réussis pas à m'endormir. Mais tout le monde sur la planète dormait. J'ai ouvert les rideaux. Dehors, rien ne bougeait. L'insomnie est une lente agonie dont on sort toujours vivant, malheureusement. Mais chaque fois un peu moins que la nuit précédente. Des nuits qu'on appelle blanches, mais qui sont, dans les faits, si noires. L'étau se resserrait sur mon être, la souffrance me poussait à l'agonie. Je sentais tout fondre à l'intérieur. Mes défenses s'étaient volatilisées. Il n'existait plus personne au numéro que les gens ne composaient plus.

Le lendemain, j'étais décidé, j'allais mettre fin à mes jours. Surtout pour mettre fin à mes nuits. À ces longues nuits interminables faites de cauchemars. Souvent le même. Moi qui coulais et qui coulais avec un enfant dans un bras et une main tendue vers le néant. Je me réveillais tout mouillé. Avec l'obscurité insoutenable de la chambre. Le silence est un océan noir qui veut nous engouffrer, qui n'attend que ça, en fait.

Le petit matin me paralysait. Quatre mois que je n'arrivais plus à me lever. À faire quoi que ce soit de valable. Cent vingt jours que plus rien ne m'attendait à mon réveil, autre que mon désespoir insondable. Je ne servais plus à rien.

Je n'ai plus jamais été en contact avec rien ni personne de rattaché à cet événement, si ce n'est la visite d'un policier en civil, une fois, chez mes parents, quelques jours après l'accident. Hormis, aussi, la visite des parents de Marylène, un soir. Seul son père avait parlé. Je savais que sa mère n'allait jamais me pardonner. Mais ça ne m'atteignait pas. Plus rien ne m'atteignait, de toute façon. J'avais déjà été touché pour le restant de ma vie.

Je ne leur ai jamais dit que leur fille était enceinte de moi. Je ne l'ai jamais dit à ma mère non plus. Ni à mon père, ni à mon frère, ni à ma sœur, ni à mes amis, ni à personne. Et je sais que Marylène ne l'avait encore dit à personne d'autre que moi. Un secret, c'est un enfant dans le ventre de celle que l'on aime, mort sous l'eau. C'est ça, un secret, et rien d'autre. Ce n'est pas vrai. Un secret, c'est aussi un cauchemar qui ne peut disparaître lorsqu'on se réveille, parce que ce cauchemar se produit surtout quand on se réveille. Et revient sans cesse, comme un fantôme acharné, frapper aux portes de l'âme.

Le seul souvenir qui me revient en tête est la une du *Journal de Montréal,* le lendemain. J'ai trouvé par hasard la coupure de presse, quelque deux ans plus tard, dans les affaires de mon frère. Mais je me souviens du titre comme si c'était hier. C'était hier. C'est hier. Ce sera toujours hier. Demain aussi. Et après-demain. Et la veille de ma propre mort. « Un bal qui finit mal ». Et le sous-titre : « Un mort » C'était deux... Marylène et mon enfant.

Je n'ai même pas assisté aux funérailles. Parce que Marylène n'y était pas. Marylène vivait toujours en moi. Et notre bébé continuait de grandir dans ma tête.

Le plus difficile a sans doute été le regard qu'on portait sur moi dans les mois qui ont suivi la tragédie. Comme si j'étais atteint d'une maladie invisible, mais que tout le monde pouvait voir.

Question de m'éloigner, je me suis machinalement inscrit au cégep de Sainte-Thérèse, en option théâtre, où j'ai étonnamment été accepté, même si le cœur n'y était pas. M'exiler dans cette banlieue m'a fait du bien, ça m'a peut-être même sauvé.

Je n'ai consulté un psy qu'un an plus tard. Deux sessions. À la deuxième, il a prononcé le terme « culpabilité ». Je me suis refermé comme une huître. Je repense parfois à lui, de temps à autre. M'a-t-il oublié ? Regrette-t-il le fait que je ne me sois pas laissé aider ? A-t-il un sentiment d'échec ? Je me souviens de ses paroles : « Tu devras faire ton deuil. » Qu'est-ce que ça veut dire « faire son deuil » ? Comment fait-on un deuil ? Un deuil, ça ne se fait pas. Je crois seulement au temps qui nous fait oublier.

Pour changer le mal de place, j'ai travaillé comme assistant-cuisinier dans un centre d'accueil de Sainte-Thérèse, tout près du cégep. Question aussi de payer mes trucs. Assistant-cuisinier est un bien grand mot, je faisais la vaisselle plus qu'autre chose. Mon idée de devenir un grand acteur avait passablement faibli. Mais c'était la seule que j'avais pu rescaper d'avant le naufrage.

J'étais sur le pilote automatique. Et c'est dans cet état que j'ai entamé mes cours de théâtre. Bizarrement, je faisais de l'effet aux filles. Certaines têtes féminines se retournaient spontanément sur mon passage. Mon cocktail détachement et je-m'en-foutisme constituait donc une recette gagnante. Seul mon cœur était fermé. Ce qui avait le curieux résultat de décupler leur intérêt. Pour elles, j'étais probablement un défi. Elles voulaient toutes être celle qui me mettrait le grappin dessus. J'essayais des nouvelles filles comme on essaye de nouveaux restos. Tandis que certains de mes amis pouvaient ne pas rapporter de proie durant des mois, moi, j'enchaînais les conquêtes. Je plongeais, croyant qu'elles avaient toutes quelque chose à offrir. Souvent, ce n'était pas grand-chose.

Je suis entré dans un univers alors inconnu pour moi, le maintenant très répandu sexe à outrance, le non-amour. Je ne pouvais pas faire revenir Marylène, alors je la multipliais. J'ai fait de la fille comme on fait de la *dope*. Avec le petit *high,* au début, qu'on tente de retrouver par la suite avec des doses de plus en plus fortes. Avec les *downs* qui viennent avec, aussi. De plus en plus sévères. Tout de suite après les avoir baisées, à peine quelques secondes après l'orgasme, j'étais souvent pris d'un haut-le-cœur incontrôlable. Pour m'enlever cette nausée, je recommençais avec une autre, le plus tôt possible. Une seule règle : jamais deux fois la même fille.

Dix ans de chasse, donc. Aux femmes, aux contrats. Dans un processus de démembrement de l'identité tel que je ne me reconnaissais plus. Alex était devenu un gars qui enchaînait les filles et les petits rôles, les échecs et les déceptions amoureuses. Alex, c'était moi, et ce ne l'était pas. Alex était le beau bonhomme de service qui se donnait aux plus offrantes. Être beau, pour un gars, c'est comme avoir les vidanges d'huile de sa voiture gratuites à vie. Tandis que pour une fille, être belle, c'est comme une maison-modèle : tout le monde entre, regarde et repart. Mais personne n'est intéressé à y rester bien longtemps. On n'a pas confiance.

Je suis arrivé à mes premières auditions avec l'ego que les filles m'avaient prêté au cégep. Mais la beauté est un concept à double tranchant. J'ai compris ce qu'on voulait dire par « être ou paraître ». On me cantonnait dans le second rôle. J'étais beau, il était donc évident pour tout le monde que je n'avais rien à dire. Que j'étais une cruche. Pire, j'étais presque obligé de jouer à la cruche. Tant dans ma vie personnelle que dans ma vie professionnelle. Et j'ai justement obtenu des rôles en conséquence. Je suis ainsi passé de rôles secondaires à des rôles muets.

J'étais quand même partiellement satisfait parce que je réussissais presque à me tromper moi-même. Et les autres aussi, probablement, même si je n'en suis pas si sûr. Jusqu'à cette fameuse audition pour une pièce de théâtre où je devais jouer une scène d'amour. J'avais 25 ans. Je me rappelle de tout, l'atmosphère, l'odeur. Je joue la scène une première fois avec une bonne actrice, dont la carrière va très bien maintenant. Le metteur en scène nous dit de prendre quelques secondes et de la refaire. Nous rejouons la scène et, tout de suite après, je le vois se lever et s'avancer vers nous. Il s'approche tout près de moi, me regarde avec un air à la fois interrogateur et méprisant. Puis il prend une pause qui semble durer une heure et, enfin, me dit tout doucement à l'oreille : « Tu ne sais pas ce que c'est, l'amour, hein ? »

Il venait de me tirer une balle dans la tête. Probablement que seule ma collègue a entendu. Un chuchotement qui a résonné dans toute la salle. La phrase frappait les murs et revenait à mes oreilles, en écho. Le bruit était assourdissant.

Je ne sais pas du tout l'air que j'ai fait. Je n'ai même pas réussi à me constituer un visage. Mes muscles se dissolvaient. Dès que j'ai pu reprendre mes esprits, je suis parti en oubliant et mon *coat* de jeans et mon sac. Et je suis allé m'enfermer trois jours dans ma chambre. Il n'avait fait que lever le voile et pourtant, j'avais froid jusqu'au fond de mon être.

Sur les murs, je visionnais le film de ma bizarre de vie. Alex, à côté d'une étrangère, après une nuit de sexe, qui regarde la fille endormie à ses côtés. Ces moments où il devenait soudainement enragé. Enragé qu'elle ne soit pas Marylène, enragé qu'aucune fille ne lui arrive à la cheville. Alex, qui jouait. Partout. Au resto, dans sa famille, à la télé, dans une pub de bière. Alex qui jouait, mais qui n'avait pas de plaisir. Tous les maux se valent, mais ne pas savoir qui l'on est vraiment se classe à coup sûr dans le peloton de tête.

J'allais de plus en plus mal. J'ai décidé de tout abandonner et de m'inscrire à l'université, en administration, là où se retrouvent beaucoup de gens qui, comme moi, ne savent pas trop quoi faire de leur existence. Mais, même là, je réussissais à être marginal.

Par contre, une université, c'est 10 fois un cégep et donc 10 fois plus de filles. Dans un de mes cours, je remarque une sexy rouquine qui me fait face. On ne se lâche quasiment pas des yeux tout le long du premier cours. La semaine suivante, elle se rapproche d'une dizaine de bancs. Moi, je reste au même endroit. On continue de s'observer comme des animaux. Au troisième cours, elle se rapproche encore. Mes tempes bouillonnent, je suis incapable de me concentrer. La semaine suivante, elle s'assoit juste à côté de moi. Je peux sentir son parfum.

Tandis que le prof parle, elle me tend un papier : « Chez toi, chez moi ou ailleurs ? » Ma tête tourne. Je réponds « chez moi », question de reprendre un peu le contrôle.

Je lui donne l'adresse et le chemin. Elle arrive. Aucun mot n'est échangé. Elle se déshabille, et nous baisons. Une fois terminé, toujours aucun mot d'échangé. Elle se rhabille et part. Durant toute la session, elle arrête souvent chez moi. En une dizaine d'occasions, nous avons dû échanger cinq phrases. Au grand maximum. Mais c'était la première fille que je baisais plus qu'une fois.

Je ne l'ai plus jamais revue. Et j'ai capoté. C'était une fille cinglée et, je ne sais pas pourquoi, ce sont celles sur lesquelles les gars accrochent le plus. Pourtant, ce n'était pas de l'amour. Alors ça ne pouvait pas être une peine d'amour. Je vivais donc ma première peine de sexe.

Je l'ai noyée en multipliant les fréquentations. Par chance, l'université est une manne. On se demande même parfois si elle ne sert qu'à ça. C'est là que j'ai fait quelques constats navrants. Le premier, c'est que les filles pensent qu'en jouant à l'agace, cela va augmenter notre intérêt. Malheureusement, c'est souvent le cas. À l'époque, je croyais aussi qu'une fille qui ne parlait pas était mystérieuse. J'ai compris, avec les années, qu'une fille qui ne parle pas n'a tout simplement rien à dire.

Dans mon entourage, bizarrement, plus personne n'évoquait le souvenir de Marylène. Peut-être les gens pensaient-ils que j'avais pu l'oublier. Pourtant, même si je n'en parlais jamais, j'y pensais tout le temps. La naissance de notre enfant devait avoir lieu en mars. Chaque année, j'imaginais quel âge il aurait eu. Comment il grandirait, comment il serait, quel caractère il aurait, qu'est-ce qu'il aimerait, ce qui le rendrait fou de joie. Ce qui le ferait pleurer. Ressemblerait-il à son père, à sa mère, ou aux deux ?

Chaque jour, le souvenir de Marylène montait en moi. Souvent à des moments où je m'y attendais le moins. Dans un supermarché, alors qu'une femme portait son parfum. Dans ma voiture, alors qu'une chanson qu'elle aimait passait à la radio. Comme *Total Eclipse of the Heart,* sa préférée. Une chanson que je ne peux entendre, encore aujourd'hui, sans me mettre à pleurer.

Je m'imagine ce qu'elle serait devenue, elle qui voulait être designer. Elle qui avait tout pour réussir. Souvent, je me demandais ce qu'elle aurait fait tel jour, si elle m'aurait appelé pour me dire qu'elle serait un peu en retard. Quelles auraient été ses joies, ses peines. Quels pays nous aurions visités.

Tout au long de mes études à l'université, j'essayais de suivre le rythme, mais il n'y avait rien à faire. Je sortais avec les autres étudiants, mais je n'étais pas vraiment là. Et puis mon désir viscéral de devenir acteur refaisait surface. Mon super rôle de composition de gars léger qui se crissait de tout avait fini par déteindre sur moi au point où j'en avais fait mon identité. Je me croyais moi-même. J'étais finalement un bon acteur.

Je me suis donc botté le cul, j'ai monté mon démo et, équipé de photos, je suis allé cogner à la porte de Louise, une agente dont on m'avait parlé. Je suis entré dans son bureau, elle m'a regardé comme si j'étais Tom Cruise. Je l'ai regardée comme si elle était Isabelle Huppert (elle lui ressemblait, d'ailleurs). Elle avait 12 ans de plus que moi. Nous nous sommes plu instantanément. C'est tout juste si nous n'avons pas baisé ensemble dans les cinq premières minutes.

Ça a duré un an. Un an de répit. Un an de voyage sensuel et intellectuel. Elle me poussait à fond, me vantait, me ploguait pour des pubs, des petits rôles pour des films américains tournés à Montréal et même une pub de parfum en France. Dans le temps de dire « baise-moi », ma carrière a décollé. Ou semblait vouloir décoller. Tout est bien fragile, dans le monde du *showbizz*. Mais mon nom circulait maintenant dans le réseau. Juste assez pour devenir ce que je suis devenu, un acteur de catégorie B, « B » comme dans « bel acteur sans trop de talent ». Je le sais pour avoir entendu ces mots tels quels dans une salle de *casting* mal insonorisée, après une audition. J'ai même demandé à Louise de me confirmer la chose. Ce qu'elle fît. Nous nous sommes laissés peu de temps après, lorsque la flamme perdit de son intensité.

J'ai loué un petit appartement dans le quartier Rosemont. C'est à cette époque que je suis officiellement entré de plain-pied dans ce monde mesquin, superficiel et sans pitié qu'est la pro-duction cinématographique québécoise. Et que l'on croit tellement *glamour* quand on la regarde par la lorgnette du téléspectateur. Des producteurs qui se prennent pour des *kings* d'Hollywood, des réalisateurs qui se prennent pour des *directors,* et un travail qui consiste, 95 % du temps, à attendre. Tout simplement attendre. Puis auditionner dans des contextes de malaise et de gêne qui deviennent la norme. Et le téléphone qui ne sonne pas. Et la précarité financière. Et les doutes, les remises en question. Sempiternelles.

J'ai commencé à fréquenter des actrices, des filles qui travaillent sur les plateaux, les groupies qui gravitent autour. Je passais d'une hystérique à l'autre, sans beaucoup de discernement. Et en tombant sur des folles de ce genre, le souvenir de Marylène, elle qui était si saine, revenait à la surface. La plus saine m'avait quitté pour un monde meilleur et moi, je me retrouvais sur une planète remplie de folles. Je ne sais pas où je trouvais la force, mais je réussissais à garder Marylène submergée dans mon inconscient. Mais je devais peser fort et j'étais de plus en plus épuisé.

Puis, par un beau jour du mois d'août, je suis allé dîner avec mon père.

Tanné de ma vie vide, je lui ai dit que j'avais l'impression d'avoir fait le tour. Il m'a répondu que je devais peut-être penser à ouvrir mon cœur. Ouvrir mon cœur, ouvrir mon cœur... je n'avais pas du tout envie d'ouvrir mon cœur.

C'est le soir même que j'ai rencontré l'autre Marylène.

Quand je reprends mes esprits, elle n'est plus sur le bord de la piscine. Pour un instant, je crois qu'elle est partie. Peut-être même qu'elle a disparu. À jamais. « S'il n'y a aucune chance que dans quelques années, tu veuilles un enfant, on arrête ça tout de suite. » La phrase est restée en suspens dans l'air. Je suis encore dans l'eau, la peau ratatinée. Je pense à mon bébé, toujours dans le ventre de Marylène, encore sous l'eau. J'ai toutes les misères du monde à me rendre au bord, à m'agripper à l'échelle et à sortir mon corps de la piscine.

Elle est dans la cuisine, me tourne le dos. J'entre et me sers un verre, puisqu'elle ne le fait pas. Pendant que

je bois, elle me dit, sans me regarder :
« Fourre-moi. » Je lève les yeux vers
elle, finis mon verre. Elle ajoute : « Sans
condom. » Elle se dirige vers la chambre.
Je vois son petit cul parfait, je lève les
yeux au ciel. Je suis en amour avec une
démone.

Chaque fois que je la regarde, elle
m'intoxique. Lorsque la beauté fait mal,
ce n'est pas normal. Je pourrais courir
vers ma voiture, revenir vers Montréal,
ne jamais me retourner. Mais, un gars,
c'est un gars. Le sang bout dans mon
deuxième cerveau. J'ai trouvé avec
elle un vertige équivalent à celui logé
à l'intérieur de moi. Lorsqu'on aime
trop, c'est qu'on n'est pas avec la bonne
personne.

Je la suis finalement dans la chambre.
Juste avant d'entrer, je bifurque vers la
salle de bains, fouille dans mes trucs
et enfile un condom à toute vitesse.
Lorsque j'arrive dans la chambre, elle
est couchée sur le ventre et se masturbe.
J'entre en elle doucement, elle soulève
un peu les fesses, je suis aux anges.

Rapidement, je sens qu'elle va jouir, je jouis en même temps, sans me retirer. Elle ne dit rien pour le condom. Pour l'instant, le volcan est tranquille.

Elle s'endort contre moi, comme un chat. Je m'efforce de ne pas m'assoupir question de savourer ce doux moment. À cet instant-là, je me rends compte que toutes ces fois où nous avons fait l'amour, elle ne m'a jamais touché. Même la première fois. J'étais tellement hypnotisé. Mais, là, tout à coup, ça me saute au visage.

À son réveil, elle regarde l'heure et se hâte. Elle prend encore une fois ses messages sur son cellulaire, ce qu'elle fait constamment, et m'annonce qu'elle va voir un spectacle à Montréal. Probablement avec un de ses amants. Elle avait laissé sous-entendre que nous passerions deux jours au chalet, mais elle semble avoir changé d'idée. Une autre lumière s'allume sur le tableau de bord. Un autre signe que j'ignore. Ce fût d'ailleurs le début officiel des festivités consistant en une série de petits coups de couteau sur la peau. Tous légers, mais assez pour finir par l'ouvrir.

On a donc paqueté nos trucs et mis le cap sur Montréal. J'étais avec une fille subtilement diabolique et, quand je me demandais pourquoi je m'acharnais, elle me donnait toujours une réponse. Tantôt par sa façon de chanter, tantôt par sa façon de se trémousser, de raconter une histoire. Dans la même heure, elle pouvait me bouder, être méchante, puis redevenir heureuse, amoureuse et souriante.

De retour chez moi, j'ai un message de mon copain Stef. Il me demande comment ça va avec ma nouvelle. Je lui dis qu'elle veut un enfant, mais que je n'en veux pas. « Me semblait que c'était la femme de ta vie ? » Je lui réponds qu'il lui en manque des bouts depuis la dernière fois. Dont les dernières heures. Il lance alors : « Alex, fais-toi vasecto-miser et ne lui dis pas. » Sur le coup, je trouve que c'est une bonne idée. Il faut avouer que j'ai déjà un peu perdu les pédales. Mais je le traite de démoniaque, pour la forme. Il me rétorque que ce n'est pas pire que les filles qui arrêtent de prendre la pilule sans le dire à leur chum. Tout ce qu'il me faut, c'est gagner du temps. Les endorphines de la passion ne durent jamais moins de six mois. Je dois trouver une solution, à tout prix.

Nous passons environ 30 nuits ensemble sur les 40 suivantes. Elle ne reparle pas de son désir d'enfant, et j'oublie son ultimatum. Si nous sortons chacun de notre côté, un soir, nous allions quand même rejoindre l'autre, la nuit venue.

Durant ce mois et demi, chaque jour nous avons échangé d'innombrables courriels et messages textes, en plus de se parler trois ou quatre fois au téléphone. C'était l'exaltation totale. Parfois, je marchais dans la rue et elle m'appelait sur mon cellulaire. Son humour, sa répartie, sa sensualité me transportaient automatiquement à 1 000 pieds d'altitude. J'ai fait un tour d'hélicoptère, une fois, et c'est la sensation qui s'en rapproche le plus.

Je me rappelle la fois où elle était entrée dans une boulangerie, s'était lancée sur les baguettes, en avait pris une et avait commencé à la manger par le milieu avant de payer. Le boulanger m'avait dit : « Il n'y en a plus, des filles comme elle ! » Je lui avais répondu : « Elle le sait, monsieur, elle le sait... » Au resto, elle s'amusait à jouer des scènes de film. Une fois, devant tout le monde, elle s'était agenouillée à côté de moi pour me demander en mariage. Une autre fois, dans une boutique, elle était sortie de la cabine d'essayage, seins nus, était venue m'embrasser et était retournée dans la cabine, sous le regard médusé des autres clientes.

Elle m'envoyait des citations, toujours en lien avec ce que l'on vivait. Dans sa voiture, elle n'écoutait que des romans, lus par un comédien. Du Jardin, du Gary, du Proust. Religieusement. Je ne savais même pas que ça existait. Elle me laissait des mots partout. Je me couchais, le soir, il y avait un mot sous mon oreiller. Je me réveillais, le matin, il y en avait un sur le pommeau de la douche. Dans le bol à café. De petites pensées vives, sensuelles, provocatrices. Je ne pouvais pas ne pas penser à elle. À chaque instant.

C'était elle, l'actrice. Elle était éblouissante, vertigineuse. Et d'une culture phénoménale. J'ai délaissé mes amis, sans m'en rendre compte. Je vivais uniquement pour les moments que je passais avec elle. Je me suis même acheté un *blackberry,* ce petit truc électronique qui permet d'envoyer et de recevoir des courriels à distance, peu importe où l'on se trouve. Trois fois par jour, au moins, pendant des semaines, apparaissaient ces mots sur mes écrans : « Est-ce que tu m'aimes ? »

Puis, j'ai été choisi pour un rôle secondaire dans une télésérie. Huit jours de tournage dans le bas du fleuve. Elle affirmait vouloir venir me rejoindre, m'envoyait cinq messages textes par jour et m'appelait constamment. Je pouvais parfois lui parler lorsque j'étais en attente pour une scène. Ou la nuit.

Je suis revenu le soir même de la fin du tournage, un vendredi. En roulant à 170 km/h. J'avais une envie d'elle viscérale. Je voulais aussi lui faire une surprise, moi qui lui avais dit que je rentrais seulement dimanche. Pour la deuxième fois, nous avons fait de la télépathie. Vers 22 h 30, pendant que je conduisais, rendu à la hauteur de Donnacona, j'ai reçu un message texte disant : « Je sens que tu approches. » Je suis resté pantois.

Je lui ai téléphoné pour lui dire que je serais effectivement là vers minuit. Elle m'a dit : « Chéri d'amour, je le sentais, je suis contente, on va enfin se voir. » Elle est venue me rejoindre chez moi. Elle avait fumé du *pot,* comme d'habitude. Je la sentais distante malgré mon absence de plusieurs jours et le fait qu'elle se disait heureuse de me revoir, il y a deux heures, au téléphone. Elle m'a collé une partie de la nuit, mais nous n'avons pas fait l'amour. Il y avait une barrière invisible. Ce sont toujours les plus difficiles à franchir.

Je ne comprenais pas, ça me dépassait totalement, mais j'encaissais sans rien dire. J'étais devenu sourd, aveugle et muet. C'est ça, l'amour.

Le lendemain, elle s'est levée sans dire un mot et elle est partie, alors que les week-ends, nous avions l'habitude de traîner au lit. Je lui téléphone dans la journée pour lui demander si quelque chose la tracasse. Elle me répond que non. Quelques heures plus tard, elle m'appelle pour me dire que oui, mais qu'il s'agit d'un truc professionnel et que ce ne n'est pas relié à moi. Puis elle me rassure en ajoutant qu'elle m'aime plus que jamais. Elle a un souper, ce soir-là, mais elle vient me rejoindre après, sous les draps. Et c'est merveilleux.

La complicité de nos corps, de notre humour et de nos esprits est sans équivoque. Ce matin-là, dans la douceur de l'été, je prends conscience que cette fille est dans mes tripes et qu'elle n'en sortira pas. Je suis charmé par son corps, épaté par sa vivacité d'esprit. Je sais que je veux être avec elle. C'est à cette seconde précise qu'elle me lance : « Il faut que je te dise que j'ai revu mon ex. »

La terre a cessé de tourner. Je suis devenu tout blanc. Je ne réussissais pas à prononcer un mot. Je l'ai regardée, mon cœur est parti au galop. Toute la pièce bougeait. J'étais couché, mais je sentais que j'allais tomber. Un train m'est passé dessus. C'est rare, lorsqu'on est couché dans un lit.

Je l'interroge, bien que je sache déjà la réponse : « Revu ou baisé ? » Devant mon air à la fois livide et affolé, elle attaque : « Je n'ai jamais dit qu'on avait une relation exclusive… Tu ne veux pas d'enfant, alors tu ne seras jamais un vrai chum. » Les coups pleuvent sans que je puisse en parer un seul. Je suis au milieu de l'arène, les bras de chaque côté. Complètement K.-O. Cet ex, qu'elle m'a dit il y a deux semaines « ne pas pouvoir sentir, au propre comme au figuré ».

Lorsque je réussis à sortir de ma torpeur, je lui demande si elle a quelques remords. Je prie pour un petit oui, à tout le moins un « un peu ». La réponse est non. « Pas du tout ? » « Pas du tout. » « Pas une once ? » « Pas une once. » « Un restant dans un verre à *shooter* ? » « Non. » Elle se lève, tannée. Je ne réussis à la suivre que plusieurs minutes plus tard. Dans le salon, je me réessaye : « Pas du tout ? » « Non, désolée. Arrête. »

Je me lève, fait les cent pas. Je décide de prendre une douche, question de faire diversion. Lorsque je sors, elle n'est plus là. Mais elle m'a laissé un mot sur la table. « C'est de ta faute aussi, si tu voulais des enfants... »

Le lendemain, je lui envoie un courriel pour lui annoncer que je quitte le bateau. Je reçois sa réponse quelques heures plus tard : « Mon amour, soyons sérieux. Concernant l'infidélité, je crois qu'il est encore trop tôt pour établir une procédure. Et je crois aussi que je préfère laisser la porte ouverte, quitte à ne pas la franchir. Tu vois, la fidélité, j'ai bien du mal à croire à ça. Je pense que la monogamie est une hypocrisie collective. Et j'ai toujours préféré être l'amante que la blonde, je me sens plus libre de cette façon, on dirait que l'absence d'engagement laisse la place à davantage d'intensité et d'extase.

« J'ai vraiment bien aimé faire l'amour avec toi cette nuit, et ce matin... c'est meilleur à chaque fois et j'ai toujours hâte à la prochaine. Ça bouge dans ma petite culotte juste de penser à toi. Je t'aime, je t'aime, je t'aime et je ne veux plus que tu penses à quitter le bateau. Je ne veux plus que tu veuilles tout arrêter, que tu aies peur. Tu me manques vraiment beaucoup. Je vais aller te voir demain soir. Je pense à toi à peu près tout le temps. Énormément. Et j'adore ça.

Xxxxxxxxxm »

Elle vient plutôt me voir le soir même. J'ai l'air d'un gars qui revient de la guerre. Nous faisons l'amour dès qu'elle entre. Puis, le matin, dès qu'on se réveille. Elle m'a littéralement ensorcelé. Quand elle me parle au téléphone, mes neurones palpitent, mon cœur crépite. J'oublie qu'elle est une ado attardée, tordue, malsaine et toxicomane, qui manque à la fois de classe et de tact. J'oublie aussi le fait qu'elle est mesquine, méprisante et irresponsable. Mais, comment peut-on ne pas voir tout ça les yeux ouverts ?

Elle revient le lendemain soir. Nous baisons encore. S'y ajoute une tendresse nouvelle. Encore une fois, elle part sans me dire quand on se reverra, sans même que je sache s'il y aura une prochaine fois, en fait. Nous sommes un lundi matin. Quelques heures plus tard, elle m'appelle pour me dire que pour la première fois de sa vie, elle goûte au bonheur, qu'elle est vraiment heureuse.

Je m'étends sur mon divan, prends une respiration et lui dis alors : « D'accord, alors soit tu es ma blonde, soit on se quitte. » Silence à l'autre bout du fil. Elle bégaye, elle rit, se fâche, me dit que je n'ai pas le droit de lui demander ça. Je me lève, fais les cent pas dans l'appartement. Le moment de vérité est arrivé. Je lui réponds qu'au contraire, c'est très légitime. Elle me demande un peu de temps pour y réfléchir. Nous nous mettons d'accord sur une semaine.

Durant cette semaine-là, les courriels et les téléphones se multiplient. Déjà, le lendemain, elle m'écrit : « Cher toi, je dois t'avouer que j'hésite vraiment à m'engager complètement avec toi. J'ai fini par accepter que tu ne veuilles pas d'enfants parce que tu me fais tripper royalement, mais embarquer à fond dans une relation classique avec toi, je ne sais pas. Et, oui, je dois te dire que j'ai terriblement peur que, si ça devient plus "léger", on perde en intensité. Et, tu sais, moi aussi, ça me stresse de ne pas savoir d'avance quand est-ce qu'on va se voir. En fait, bien franchement (et là, je m'ouvre), chaque fois j'ai toujours peur que ce soit la dernière. Mais, je ne peux pas t'offrir plus parce que tu ne veux pas d'enfants. Alors oui, je t'aime, mais comme c'est voué à l'échec, je ne peux pas aller plus loin.

« Concernant l'infidélité, oui, je t'ai dit que je ferais attention à toi. Mais qu'est-ce que ça veut dire exactement ? Ça veut dire que je dois garder mes autres relations secrètes ? Ou que je dois devenir fidèle ? Je ne crois pas à la fidélité, je te l'ai dit. Et pourquoi faudrait-il que je sois fidèle dans une relation qui, on le sait, va se terminer bientôt ? En fait, je ne dis pas non, mais disons que je dois y réfléchir sérieusement. Il faut que je me situe par rapport à ça. Savoir ce qu'on veut vraiment et trouver une façon saine de le vivre. Mais l'important, c'est que je t'aime beaucoup et j'ai terriblement hâte de me retrouver dans tes bras. »

Je file à la boutique Farfelu, rue Mont-Royal. Je lui achète une grosse bague bleue à trois dollars. Le pire, c'est qu'elle est belle. Flyée, mais belle. En sortant, j'arrête chez le bijoutier et achète une petite boîte à bijoux. Arrivé chez moi, j'écris « dis oui » sur un bout de papier que j'insère dans le couvercle. Je mets ça dans une enveloppe et appelle un courrier.

Trois heures plus tard, elle m'appelle du journal. Bouleversée, charmée, irritée, rieuse. Elle répète et répète : « Mon petit maudit ! » Dans ma tête, l'affaire est classée, je suis dans les nuages. Le lendemain, elle m'appelle pour me dire que la réponse est non. Qu'elle cherche le père de ses enfants.

Je lui demande encore deux mois de passion. Autre refus. Mes viscères se liquéfient. Une bile noire empoisonnée coule dans mes veines. En quelques secondes seulement, je deviens une loque. En ce qui me concerne, c'est la fin. Je ne sais juste pas, à ce moment-là, que la fin n'en finirait plus de finir. Qu'elle s'étirerait encore pendant des mois. Que j'arrêterais de manger et que je perdrais 15 livres. Et la raison, presque.

Le lendemain, je la supplie de venir chez moi, ce qu'elle fait, à contrecœur. Assise sur mon divan, la tête ailleurs, elle me demande, sans me regarder : « Dis-moi pourquoi. » « Pourquoi quoi ? » Feindre l'innocence pour gagner du

temps. Mais elle, elle n'est pas inno-
cente. « J'attends... » Je prends une
grande respiration. Je lance alors : « Je
suis infertile. » Elle se lève d'un bond,
ses yeux virent à l'orage. Elle hoche la
tête de gauche à droite et me regarde
comme si je venais de violer sa sœur.
« Esti ! » est le seul mot qui réussit à
sortir de sa bouche. Puis elle amorce
un mouvement vers la porte avant de se
retourner et de me regarder de nouveau.
Elle me dévisage, me mitraille en fait.
Elle laisse échapper un faible « t'es
pathétique ». Puis elle part.

Cette fois, c'est moi le diabolique.
Je suis moi-même sonné par l'énormité
du mensonge. Les idées s'égarent dans
ma tête. Je plaide la légitime défense.
J'essaye de me sauver moi-même. J'ai
joué ma dernière carte. Je suis incapable
de couper le cordon en pleine passion.
Une fusion ne se défusionne pas comme
ça. Je ne suis pas une ville.

Après 30 minutes, encore secoué, je
me lève et l'aperçois effondrée sur le
seuil, blanche comme un drap. Un animal

blessé. Nous nous sommes anéantis. Je m'assois à ses côtés, la prends dans mes bras. Elle est rigide comme du métal. J'entoure sa tête avec mes bras, ma manche devient toute mouillée. La seule fois où elle versera des larmes pour nous. Nous restons comme ça, cloués, prostrés, pendant près d'une heure. Puis, elle se lève et part sans mot dire.

En début de soirée, ce courriel : « Rien à faire, je ne trouve pas les mots. Je suis surtout déçue de ne pas avoir eu le courage de te griffer, de te frapper, de te mordre (après tout, je suis une fille) et de te jeter en bas du deuxième étage. Tu sais, toute ma vie allait mieux depuis que tu en faisais partie. Et là, ce truc énorme que tu cachais. Je ne me suis jamais sentie trahie de la sorte. Je te dis, je ne trouve pas les mots pour décrire ce que je ressens. Dire que j'étais mal de t'avoir fait de la peine avec l'histoire de mon ex. Mais là, tu as tout gâché. Et je ne veux plus jamais te revoir. »

Après quatre jours, je ne peux résister à l'envie de l'appeler. Je tombe sur une fille complètement détachée. Je lui demande comment elle fait pour se remettre aussi rapidement d'une séparation. « Tu te gèles la gueule, c'est ça ? » Elle rétorque du tac au tac : « Oui... pis je vois d'autres gars. » À ce moment-là, quelque chose se brise en moi. Par chance, la cloche sonne et je réalise à cet instant précis comment cette fille peut me faire du mal. Et que ce que j'ai fait est irréparable.

Je lui écris, l'implorant de me dire qu'elle ne s'en fout pas totalement. Je sais que je suis pathétique, mais c'est plus fort que moi. La passion est une opération à cœur ouvert. Mentalement, je suis à genoux. Elle me répond : « J'ai été accablée et je le suis encore. J'essaye moi aussi de tout oublier, de continuer à vivre. D'autant plus qu'il s'agissait bel et bien d'un amour comme on en trouve rarement. »

J'en suis rendu au dernier trou de ma ceinture. Un psy, n'importe quand, mais le cordonnier, jamais ! Je pleure comme un bébé. Je déchire toutes ses photos et tous ses courriels. J'efface ses coordonnées de mon agenda, de mon cellulaire, de mon ordi. Bref, toute trace de son passage dans ma vie. Je dérive jusque chez mon amie Mélanie, qui me prend dans ses bras. Je pleure jusqu'à ce qu'elle ait peur tellement je ne m'arrête pas.

Durant les semaines qui suivent, j'ai vraiment peur de devenir fou. Une seconde, j'ai envie de l'appeler pour lui dire que je veux lui faire un enfant, la seconde d'après, j'ai le goût d'assassiner cette folle mesquine. Je passe d'un extrême à l'autre. La nuit venue, je ne fais qu'une seule chose : rêver à elle.

C'est l'impuissance qui me gruge. L'impact de mon mensonge, l'ampleur du désastre. Je reste là sans rien faire pendant que la fatalité suit son cours. Je n'ai pas su secourir la femme de ma vie, retenir l'autre, me sauver moi-même.

Nous étions deux personnages constamment en représentation. Je ne sais pas qui elle est, je ne sais plus ce que je suis, qui de nous deux est le plus dangereux. Elle vit en moi et refuse d'en sortir. Plus je me démène, plus je m'enfonce. La rupture amoureuse est un sable mouvant.

Je dors avec mon cellulaire allumé dans mon lit, attendant un appel qui ne viendra pas. Les pires supplices sont ceux que l'on se fait subir à soi-même. Le soir, je téléphone à son bureau pour entendre sa voix sur la messagerie vocale. Ma seule façon de pouvoir encore aller chercher un peu d'elle.

Puis, tranquillement, mais vraiment tranquillement, je m'attelle à reconstruire mon cœur. Chaque pièce de puzzle me prend une journée. Il y a 700 morceaux. À un morceau par jour, ça fait deux ans. Les peines d'amour durent deux ans, peu importe le temps qu'a duré la relation. Même si, de nos jours, l'amour dure trois mois.

Je réussis de peine et de misère à vaquer à mes occupations profession-nelles. Les gens me parlent, mais je ne les écoute pas. Durant les deux mois qui suivent, je suis très occupé. Je dois prendre des pilules contre l'anxiété, je fais de l'insomnie et j'inonde mes amis d'appels de détresse.

S'il n'y a rien de plus thrillant que la passion du début, il n'y a rien de plus désespérant que de se faire crisser là. Elle était une raison de vivre. Elle est devenue une raison de ne plus vivre. Elle était ce qu'il y avait de plus proche de moi. Elle est maintenant ce qu'il y a de plus éloigné.

Je regardais dans ses yeux et je n'en voyais pas le fond. Son âme était un horizon vaste comme une plaine d'Irlande. Je regardais son cul et je ne pouvais imaginer une éventuelle baisse de désir. Je me voyais galoper pour une éternité, perdu dans des pensées à la fois lumineuses et brumeuses. C'était charnel et intellectuel. C'était doux et cochon. Elle était volupté.

Je devais continuer à vivre pendant qu'elle ouvrait les jambes à d'autres gars, riait dans d'autres bars, déconnait au travail. Elle est partie avec un morceau de mon cœur, sans prendre le temps de le recoudre. Et dans la fissure, elle a coulé du goudron. Ma Marylène n'a pas voulu m'abandonner. Elle, oui. Telle était sa volonté.

Il y a la mort, inéluctable. Puis il y a la séparation, une mort que la personne adorée nous inflige. Et ne cesse de nous infliger chaque jour. La séparation est un assassinat perpétuel. Et à chaque coin de rue, il y a la possibilité de voir surgir son bourreau, enlacé à sa prochaine victime.

Elle voulait mon bonheur, semble-t-il. Elle avait réussi à faire de moi un malheureux suprême. J'avais une vie avant elle, pourquoi n'en avais-je plus maintenant ? Ce revirement de situation était si incroyable que j'en avais mal au cœur en permanence. Elle, elle poursuivait sa vie comme si de rien n'était, tandis que je réussissais péniblement à faire mon lavage, à mettre un pied devant l'autre, à porter de la nourriture à ma bouche.

Je décide donc de réactiver mes ex-amantes. Heureusement, ça mord. Je me lance corps sans âme dans le sexe avec plusieurs filles. Je vais dans les bars comme une bouteille qui dérive en eaux troubles. On peut se noyer même dans un 40 onces. Ne plus jamais remonter à la surface.

Après ma deuxième bière, une jolie fille arrive avec une amie. Elle me regarde un peu-beaucoup. Du genre qu'on comprend pourquoi l'on va dans ce genre de places où prendre deux Perrier coûte le prix d'une bouteille de rouge. Je me décide à aller lui parler. Elle est bête comme ses deux pieds. J'encaisse le coup mais, chaque fois, c'est un point de plus pour la misogynie. Si une fille ne veut parler à personne, pourquoi ne reste-t-elle pas chez elle au lieu de se pointer dans ces *meat markets* ? D'ailleurs, comment se fait-il que dans un bar, tout le monde soit là pour *cruiser,* mais que les seuls qui le laissent paraître sont quelques gars un peu chauds vers une heure du matin ? J'ai toujours été fasciné par cette détresse affective qui se donne des airs de fête.

Je me rends dans un autre bar, en taxi. Je remarque, encore une fois, que le chauffeur ne ressemble pas du tout à sa photo affichée. Je suis dans une passe où j'accroche sur les détails. En entrant, je me dirige directement vers les toilettes, une tactique discrète pour *spotter* où sont les belles filles. Les toilettes sentent bon, de cette odeur artificielle qui flotte maintenant un peu partout.

Un seul être vous manque et tout est dévasté. Un autre verre. Les bas-fonds ne sont pas un trampoline. Je ne fais donc que m'enfoncer. Et plus on boit, plus on sombre. Puis, parfois, on s'échoue dans un appartement désolant ou dans un de ces nouveaux condos aseptisés. Dans ce temps-là, le mal de tête est encore plus puissant.

C'est seulement des semaines plus tard que je me rappelle que chaque jour, mais vraiment chaque jour qu'a duré notre relation, elle a critiqué mes cheveux, ma tenue vestimentaire, ma voiture, tout. Un par un, les cadavres remontent à la surface. Je revois le film une deuxième fois, mais ce n'est pas le même. Je suis stupéfait par ce que j'y découvre. Elle, elle n'a pas un beau nez, elle n'a pas de beaux cheveux, ni de belles jambes. Elle se tient toute croche et s'habille comme la chienne à Jacques. Je suis complètement désemparé.

Je voudrais me foutre des baffes, me secouer violemment comme un mari ivre et agressif. Je m'en veux pendant des semaines. Chaque jour, un autre cadavre réapparaît. Chaque jour, d'autres trucs que je n'avais pas voulu voir m'éclatent en plein visage. Comme cette fois où je l'avais invitée à un show et où elle m'avait répondu qu'elle ne pouvait pas décider 48 heures à l'avance. Je l'avais finalement appelée à 16 h 30, le soir même du spectacle. Elle ne savait toujours pas. J'avais enfin reçu un message texte à 20 h 30 pour me dire qu'elle était dans un bar avec des collègues et qu'elle ne viendrait pas. Le spectacle était commencé. J'étais avec un ami.

Comme le dimanche suivant, où elle avait insisté pour que j'aille la voir, alors qu'elle m'avait dit vouloir passer une journée seule. Je lui rappelle justement ses paroles de la veille, mais elle insiste : « Viens me voir, viens me voir, s'il te plaît. » J'arrive, elle est distante, elle plie du linge, ne me parle pas. Au bout d'une heure, elle m'avoue : « Je m'excuse, finalement, j'aurais préféré être seule. »

Durant les trois mois que nous nous sommes fréquentés, elle m'a présenté une seule fois à ses amis. Elle m'a invité à un souper chez trois d'entre eux qui cohabitent. Elle était toute gênée de lancer l'invitation. Pour elle, c'était un gros *step,* elle avait peur que je refuse. Elle m'a rappelé deux fois pour me dire que je pouvais dire non, qu'elle comprendrait. J'ai accepté avec plaisir. Et elle m'a ignoré toute la soirée. À un moment donné, je lui ai demandé si je pouvais me permettre un geste d'affection. Sa réponse fut, mot pour mot : « Ah, t'es lourd ! » Je me souviens de cet instant comme si c'était hier. La seule chose dont je ne me rappelle pas, c'est comment j'ai fait pour continuer à manger comme si de rien n'était.

J'ai le souvenir de nos baises dans la chaleur de l'été. Si, par mégarde, une goutte de sueur glissait le long de mon bras pour aboutir sur elle, elle l'enlevait rapidement avec dégoût. Pendant que moi, j'avais le visage, le bas du ventre et les mains inondés de son jus. Ces fois où, pendant que nous soupions chez moi, elle éjectait mon CD pour mettre ses trucs hip français. Et qu'elle *crinquait* le son comme si nous étions dans un bar.

Cette fois encore où, dans une boutique, elle avait insisté fortement — et plusieurs fois — devant la vendeuse, pour que je lui achète des jeans à 250 $. Elle insistait tellement, en fait, que les clients se retournaient. Le pire, c'est que j'avais failli accepter, même si j'étais cassé. Devant mon refus, elle avait répondu, assez fort pour que la fille à la caisse entende, qu'elle allait se mettre à la recherche d'un *sugar daddy*.

Le film continue de se dérouler devant moi. Dans quelle sorte de *twilight zone* étais-je donc plongé ? Combien de fois mes amis m'ont imploré de fuir cette relation malsaine. Je me rappelle que l'un d'eux m'avait dit qu'elle « respirait le malheur ».

Chaque parole offensante, chaque événement maudit me rentre dedans à rebours. Cette fois-ci, j'en ai assez, j'appuie sur *stop*. J'en ai assez de m'apitoyer sur le sort du personnage principal. J'isole maintenant le personnage de la fille. Mais là encore, je retombe en bas de ma chaise.

La fille défile sous mes yeux. Sa vie se résume à se geler la gueule et à s'étourdir dans son travail, là où elle se croit supérieure et plus compétente que les gens qui l'entourent. Une fille qui *bitche* sur à peu près tout le monde et qui n'a aucun sens de l'écoute. Une petite fille qui agit comme une ado de 17 ans avec son père et qui ne l'appelle que pour qu'il lui prête de l'argent pour s'acheter des vêtements.

Après le boulot, elle se rend chez un ami ou une amie pour se faire servir un repas, telle une itinérante. Une fille qui s'alimente mal, ne sait pas se faire cuire un œuf, ne fait aucun sport. Qui boit et fume beaucoup. Qui peut laisser ses chats sans bouffe pendant 48 heures. Une fille qui entretient des rapports troubles avec son frère homosexuel avec qui elle agit à la fois comme sœur, mère, amie, blonde et amante, lui qui était très jaloux de la relation sentimentale que nous vivions. Et elle, incapable d'imposer des limites, bien qu'elle avoue trouver très lourde cette relation quasi incestueuse. Son moment sacré dans la semaine est justement lorsqu'elle fume des joints avec lui en écoutant la télé, le dimanche soir.

Le pire, c'est que durant tout ce temps, elle m'a fait sentir que c'était moi le tordu et le disjoncté. Je suis tombé sur une manipulatrice professionnelle redoutable. Je retourne tout ça dans tous les sens et je ne parviens pas à comprendre comment j'ai pu la laisser avoir tant d'emprise sur moi, moi qui n'ai jamais eu de tels *patterns* auparavant.

Je revois les fois, par exemple, lorsque nous déjeunions ensemble. Elle étendait du beurre sur son pain, de façon parfaite et un peu obsessionnelle, complètement concentrée à faire ce geste. Puis, quand elle relevait les yeux, quelque chose dans son regard disait que j'entrais dans son intimité. C'était écrit : « Ne pas déranger. » J'essayais de ne pas déranger. Elle s'assoyait par terre pour mettre ses souliers, comme une petite fille. J'étais troublé par cette vision de la petite fille surdouée toujours en train de se fuir elle-même. Et qui ne voulait surtout pas grandir.

Même le sexe avec elle était moche. Elle se réfugiait dans sa bulle et attendait qu'on la cuisine assez pour atteindre l'orgasme. Mais elle ne donnait rien en retour. J'ai le goût d'entreprendre des études en neurologie pour comprendre ce qui s'est passé dans mon cerveau. Je revois tout, scène par scène, mais je ne me reconnais pas. Je ne peux pas croire que ce soit moi. Monte alors une rage incommensurable. Je voudrais demander un remboursement, mais il n'y a plus personne au guichet. L'endroit a fait faillite.

Je me tortille sur mon banc. Je me reconnais sur l'écran. Mais non, c'est un imposteur. Je voudrais crier, mais je suis sans voix. Je repasse le film encore une fois pour aller chercher des indices. Au ralenti, on peut voir que l'acteur est très décontenancé, mais on ne sait pas pourquoi il reste là. Pourquoi n'a-t-il pas le courage de partir ? En faut-il vraiment plus pour partir que pour rester ?

Je fige l'image. Je voudrais avoir un sérieux *talk* avec le scénariste. Entrer dans le cerveau du personnage pour retracer les synapses, savoir où les connexions ne se sont pas faites. J'ouvre la boîte noire pour écouter les dernières conversations.

Elle a tout fait pour que je l'aime, elle a fait semblant de m'aimer. On devrait aller en prison pour ça. Bien sûr, elle se réfugiait dans des trucs comme « on ne faisait que jouer à l'amour ». D'ailleurs, elle savait toujours où se réfugier grâce à ses mécanismes de défense béton. Elle avait toujours réponse à tout. Si ce n'était pas elle qui attaquait, sa réplique était sans pitié. Et, ce qui est dommage, c'est que des filles comme elle se promènent en toute liberté. Nous vivons dans un monde devenu si *fucké* que des filles de 26 ans classées dangereuses peuvent avoir des jobs comme la sienne, détruire du monde et se promener impunément, alors qu'elles ne mériteraient que la maison correctionnelle.

Combien de fois m'a-t-elle dit des trucs du genre « je ne t'ai rien promis » ou autres flèches empoisonnées. Aujourd'hui, j'ai peur que sa prochaine victime soit moins solide que moi et que celle-là, elle la tue. Si, le moindrement, le prochain gars sur qui elle jette son « non-dévolu » manque de confiance ou d'estime de soi, je pense vraiment qu'elle pourrait l'achever.

Jamais, en arrivant chez moi ou en entrant dans ma voiture, elle ne m'a donné un baiser ou m'a pris dans ses bras. Elle m'a toujours appelé « chose » ou « l'acteur » devant ses proches. Sa façon de leur dire qu'elle avait le contrôle, qu'elle ne s'était pas abaissée à aimer, que je n'étais qu'un simple instrument dans sa vie. Mais en ma seule présence, je n'entendais que « amour », « chéri » et même « trésor ». Elle disait à tous que je n'étais pas beau. À côté de moi, elle ne cessait de répéter que j'étais « le plus beau du monde ».

Quelques jours après qu'elle ait mis un terme à notre relation, je lui ai téléphoné au bureau. J'étais dans le petit parc en arrière du journal. Je lui ai dit : « Si tu ne viens pas me dire que tu m'aimes, je m'en vais voir une ex-amante. » Elle m'a traité de tordu. J'ai réitéré l'invitation. « Viens, viens dans le parc, cours vers moi au ralenti. Saute dans mes bras et on tournera sur nous-mêmes comme dans les films de Lelouch pendant que tu ne cesseras de me répéter "oui, je veux vivre avec toi". » Elle a refusé. Et m'a encore traité de tordu. Alors que c'était du romantisme. D'une autre époque, peut-être, mais du romantisme quand même. Mais dans ce nouveau monde de faux, quand le vrai se pointe, on ne sait pas le reconnaître.

Elle m'a même répondu que ça ne lui faisait rien que je vois une autre fille. J'ai demandé : « Rien du tout ? » Elle a rétorqué : « Non. » J'ai insisté : « Es-tu sûre ? » Elle a dit « oui ». « Pas une once, une goutte dans le fond d'un verre à *shooter* ? » « Non. » Je suis allé prendre un verre avec cette ex-amante.

Elle est venue chez moi après. Nous avons fait l'amour durant des heures, et c'était merveilleux. Du vrai bon sexe comme Marylène n'était pas capable de m'en offrir. Elle m'a sucé plus en une soirée que l'autre en trois mois.

Le lendemain matin, j'ai reçu un courriel. Elle avouait être bouleversée et n'avoir pas dormi. Elle espérait que je n'aie rien fait et, si oui, elle craignait que je la trouve nulle et moche comparée à elle. Eh bien, c'était vrai. Mais je l'ai épargnée, je ne lui ai jamais dit. Je ne lui ai même pas confirmé que j'avais effectivement baisé. Je ne suis pas méchant comme elle. Je ne lui ai pas dit non plus que, même si j'avais voulu un enfant, elle est sans doute la dernière fille que j'aurais choisie comme mère. La seule chose que je lui ai balancée, un jour, c'est que j'étais déçu d'être en amour avec une fille comme elle. Mais ça, je devais lui dire. Je l'ai toujours pensé et je le pense encore.

Le pire, dans tout ça, ce n'est pas la peine. Le pire, c'est qu'elle me décourage de l'humanité, me décourage d'aimer, m'enlève de l'espoir face aux relations futures, à l'amour. Elle me donne envie de faire moins confiance, d'aimer moins, d'aimer moins la vie. À cause d'elle, le présent me fait mal, et l'avenir ne me dit rien.

Malgré tout, je reviens toujours à elle, comme dans une boucle. Même après tout ce que j'ai dû endurer pour avoir accès à ces rares moments de pseudo-bonheur. Cette fille, c'est de l'héroïne. Quand j'ai raconté mon histoire, une amie m'a dit qu'elle était plutôt du poison à rats. J'ai eu des symptômes physiques, j'ai fait de la fièvre, j'ai eu des tremblements. Mais c'est difficile à admettre, une dépendance au poison à rats.

J'ai souffert chaque jour, pendant trois mois, pour quelques secondes d'extase. Et je souffre encore plus depuis que c'est terminé. J'ai fermé les yeux sur tous ses défauts tandis qu'elle se concentrait sur les miens, un par un, et les amplifiait, comme un chimiste penché sur son microscope. Elle est venue chercher quelque chose en moi qui me dépasse et que je ne comprendrai probablement jamais.

La semaine suivante, alors que j'essaye de reprendre le dessus, elle m'envoie encore des courriels me disant que plus elle prend du recul, plus elle comprend que c'était vraiment spécial nous deux. Puis encore, trois jours plus tard, elle m'écrit pour me dire qu'elle a revu le film *Moulin Rouge* et que ça lui a rappelé combien notre histoire était romantique et notre amour, grandiose. Et puis un autre, le lendemain : « Je suis déchirée aujourd'hui... mon cœur est tout coincé et je manque d'air. T'es le gars le plus magique et extraordinaire que j'ai rencontré. » Je lui réponds alors que la meilleure chose à faire pour nous deux, c'est de couper les ponts. Définitivement.

Chaque jour, j'appelle un ami différent pour aller prendre un verre, me changer les idées, m'étourdir. Et puis, ces révélations qui deviennent UNE révélation. Tous m'avouent être passés par là une fois dans leur vie. Une confidence pour eux difficile à faire. J'étais donc le seul qui n'avait pas vécu ça ? Craquer pour une personne malsaine serait donc comme les dents de sagesse de l'amour, un truc inutile qu'on doit absolument subir ?

Pourquoi, merde, n'y a-t-il pas de manuel d'instructions de l'amour ? Qu'est-ce qu'on nous apprend à la petite école ? Qui sont ceux qui réussissent à aimer vraiment ? Peut-on les réunir dans un laboratoire pour les observer ? Ont-ils des gènes différents ? Ce seul couple qui s'aime que l'on connaît est-il en fait le même pour tout le monde ? Qu'a-t-il de particulier ? Pourquoi l'amour perdu ne se retrouve-t-il pas ? Pourquoi tous ces « estis » de pourquoi ? Pourquoi, pourquoi, pourquoi, pourquoi, pourquoi, pourquoi ?

J'ai pris mes courriels toutes les cinq minutes pendant des semaines. J'ai eu les larmes aux yeux dans ma voiture en entendant des chansons quétaines dont les paroles me parlaient d'elle. Je suis allé manger chez des amis que pour me faire ramasser à la petite cuillère. En revenant, je croyais être guéri. Le lendemain, je me rendais compte que je ne l'étais pas.

Puis, un soir, je vais au lancement d'un magazine. Je l'aperçois au bar. Je prends une grande respiration. Elle se retourne et me voit. Je m'approche. Aucune émotion ne transparaît sur son visage. Elle a un petit chandail de laine avec un coude troué et un sac à dos de petite fille. Elle est probablement la fille la moins sexy de la place et, pourtant, je n'ai d'yeux que pour elle.

Elle m'offre un martini. Son regard est vide. Je lui demande : « Est-ce que ça va ? » Elle me répond : « Moyen. » Je vois là comme une invitation au dialogue, une ouverture. Je lui confie alors que je suis encore très secoué, très fragile. Elle aussi, à ce que je peux voir. Mais elle me répond : « Oh non, pas par rapport à toi. Toi, c'est comme si ça n'avait jamais existé. D'ailleurs, ce soir, je me cherche une proie. » Ce sont ses paroles exactes. Je ne pensais pas que la langue pouvait être un poignard. Je saigne devant tout le monde. Je regarde autour de moi, vacillant. Personne ne remarque qu'il y a un blessé grave dans la salle.

Évidemment, je passe une soirée affreuse. L'alcool fermente en moi comme sa mesquinerie. On ne choisit pas avec qui on tombe en amour. On ne choisit pas non plus la durée de sa sentence, une fois coupable d'avoir aimé la mauvaise personne. C'est peut-être pourquoi, dans la vie, on commence par se mettre un bandeau sur les yeux. Puis des bouchons dans les oreilles. Puis une guenille dans la bouche. Il fut un temps où l'amour était un sentiment noble. Cette époque est révolue.

Rendu à la maison, je n'ai qu'une idée en tête, lui faire comprendre combien elle est méchante. Je fait son numéro. Elle me parle comme si c'était le dépanneur qui appelait. Je lui dis ce que j'ai sur le cœur. Elle se met alors à rire. Mais à rire. Aux éclats. Mes veines se délient comme une balle de laine. Puis elle se met à m'engueuler. Solide. Je n'écoute plus ce qu'elle dit. Elle en rajoute et en rajoute. Qu'elle n'a jamais vraiment accroché sur moi, qu'elle n'a jamais pensé avoir des enfants avec moi, que c'est moi qui suis tordu. Et lourd.

Je dis « tu as raison », question de raccrocher le plus tôt possible. Puis je regarde dans le vide pendant des heures. Il n'y a plus aucune émotion en moi. Tout a été bombardé, il ne reste plus rien. Elle continue néanmoins de lancer des missiles au cas où quelque chose bougerait encore. Cette fille, c'est une Américaine.

Je ne savais pas qu'on pouvait être si méchant. Je pensais que ce genre de personnage n'existait que dans les films noirs. Eh bien, non. Je venais de recevoir une xième claque sur la gueule.

Le lendemain est arrivé le genre d'incident qui fait que je suis déçu quand quelqu'un me dit ne pas croire au destin. Patrick, un ami comédien, m'invite à un cocktail. Sa mère, que j'ai croisée quelques fois, est là. À un moment, durant la soirée, elle vient me parler. Je la sens douce et attentionnée. J'ai l'impression que mon copain l'a avertie que j'étais en peine d'amour. Effectivement, ça ne prend que quelques secondes avant qu'elle m'avoue être au courant de mon état. Sur le ton de la confidence, elle me dit : « Tu sais, j'étais journaliste, il y a 15 ans. J'ai bien connu la mère de Marylène, une journaliste populaire à l'époque. » Je prends une gorgée et lance une recherche dans mon disque dur : Marylène + mère. Résultat ? Accident de voiture lorsque Marylène avait 12 ans.

Et là, la mère de Patrick m'avoue une chose qu'elle a dû préparer depuis un bout de temps : « Si tu savais, tu n'aurais que de la compassion pour cette fille. Et rien d'autre. » Je la regarde dans les yeux, un peu désemparé. « Viens, on va aller jaser un peu. » Je la suis dans une autre pièce où nous pouvons discuter sans être dérangés. Pendant les minutes qui suivent, elle me parle de la mère de Marylène. Une femme dépressive et toxicomane. Qui s'est suicidée.

Je voudrais partir à son secours, mais elle m'a déjà coupé les jambes. Elle a aspiré ce qui restait d'humanité en moi. Je ne sais rien, je ne suis rien. Je croyais être une bonne personne. Je suis médiocre et inculte. Un épouvantail à la merci des intempéries. Faible et innocent.

Trop d'émotions en trop peu de temps. Je suis sans défense. Pourquoi me suis-je embarqué là-dedans, pourquoi n'ai-je pas fait comme la majorité des gens, c'est-à-dire m'empêcher de vivre de grandes émotions pour ne pas avoir mal ?

Et, tout à coup, pour la première fois depuis longtemps, je sens la présence de ma Marylène. Comme si ses bras m'enserraient. Je regarde autour de moi, tout se met à tourner. La mère de Patrick continue de parler, je ne l'écoute plus. Mes yeux s'embrouillent. Elle arrête.

Les larmes se mettent à couler sur mes joues. Et à couler. Elle prend la bière que je tenais, la dépose sur la table.

Je plonge ma tête dans mes mains. Et puis, la débâcle. J'entends une porte qui se ferme. Puis des bras m'entourent, je sens un parfum que je ne connais pas. Je pense à tous les dégâts dans nos têtes. Ceux qu'elle a causés en moi, ceux que j'ai causés moi-même et que je causerai à l'avenir. La grande chaîne des dégâts. Ceux qui ne paraissent pas. Les invisibles, les insidieux. Les plus cruels. Je lui ai menti moi aussi. Et je ne peux pas vivre avec ça.

Des souvenirs, des traumatismes se heurtent dans nos cœurs comme des accidents de trains qui ne font pas de bruit. Nous sommes tous des kamikazes de l'amour. Souvent, par simple réflexe d'autodéfense. Et cette peur, indélogeable, de ne pas en trouver une qui m'allumera autant.

Je continue de pleurer. J'ai chaud, j'ai froid, j'ai peur. Je voudrais aller la sauver, mais elle a déjà tiré sur le messager. Je n'ai pas hâte de voir ce que sa propre fille fera subir aux garçons, dans 20 ans. Pour cette simple raison, je crois, je m'empêcherais d'en faire un.

Pourquoi devons-nous payer pour vouloir aimer ? Est-ce que désirer l'amour est un crime ? Pourquoi, alors, de tels sentiments entrent si violemment dans nos esprits sans que l'on puisse rien faire d'autre que s'assujettir à son autorité ? Pourquoi, en voulant vivre plus intensément, se retrouve-t-on blessé au point de se sentir comme une bête qui ne demande qu'à se faire abattre pour arrêter le supplice ?

Depuis, je soupire plus que je respire. Je rêvasse plus que je mange. Je gigote plus que je dors. Je me tape une multitude d'allers-retours sur la lune. Dès que je reviens, je repars.

Il est vrai que c'est plus facile de passer à côté de quelque chose que d'entrer dedans, surtout lorsque c'est aussi puissant que l'amour. Mais la vie nous suggère-t-elle vraiment de faire cela avec elle ? Est-ce que ne pas vouloir se mouiller nous garde nécessairement au sec ? Beaucoup de gens se sentent mal dans leur peau parce qu'ils ne portent pas la leur. Mais je les comprends de vouloir s'habiller avec celle d'un autre. La vie est faite pour ceux et celles qui se contentent de peu.

J'aurais préféré avoir la maladie de Lyme ou le paludisme, n'importe quoi. N'importe quoi qui se nomme. Quelque chose de concret, de précis, de connu. Comme ça, j'aurais pu mettre une étiquette sur le mal qui m'assaille.

Cette calamité appelée désir. Ce violent désir qui passe le cœur au *blender*. J'aurais bien aimé l'aimer, mais elle m'a enlevé la vie. Et l'amour ne ressuscite pas. Pourtant, il me semble que c'était trop beau pour être faux. Je suis encore ivre d'elle, en ces lendemains qui déchantent.

Au moins, maintenant, je sais que ça ne va pas bien dans sa tête. Cela m'aide un peu. Mais pas tant que ça. Je m'en veux de me laisser mourir un petit peu chaque jour. Dans mes tripes, dans mes espoirs, dans mes grandes ambitions de petit acteur en train de rater sa vie. J'en veux au monde entier d'attenter à ce qui me reste d'innocence pour fabriquer mon bonheur. Mon bonheur qui rapetisse d'année en année. Qui s'envole en même temps que les illusions. Parce que c'était du bonheur, nous, non ? Ou un mirage ?

Les oasis gelées peuvent-elles étancher notre soif ? Je suis là à me promener dans la ville qui est la mienne et qui ne réussit pas à m'exciter. On est en décembre, on gèle, tout est délavé. Si au moins c'était l'été, il y aurait le soleil, des filles plein les parcs. Mais non, il faut que ce soit l'inhumain hiver.

Je suis condamné à trouver toutes les autres filles moches. N'y a-t-il pas de pilules pour ça ? Il y a des pilules pour tout, aujourd'hui, pourquoi n'inventent-ils pas des pilules pour la peine d'amour ? Maintenant que j'ai touché à l'absolu, je ne pourrais pas aller au paradis directement, tout de suite ? Je dois vraiment passer par le déclin de mes facultés, l'andropause et l'hospice avant de gagner mon ciel ? Ça va être tellement long. Montréal est une prison.

C'est assez, je ne veux plus de bulletins de nouvelles, d'embouteillages, d'ascenseurs, de vendeurs, de cotes de la Bourse, de faux sourires, de règles, de batteurs d'enfants, de violeurs, de ratés, de frustrés, de machos, de chanteuses préfabriquées, de ceux et celles qui veulent être aimés à tout prix, de parfum *cheap*, de films poches, de « canal » météo. Je ne demandais que son sourire, ses yeux, ses seins, son sexe, son dos, ses mains, son humour, son âme. Seulement. Et nos cœurs désertés. Pris entre le vide et l'avidité.

Après avoir déclaré faillite personnelle, on devrait avoir d'autres recours. Je ne sais pas, moi, faillite morale ou psychologique, quelque chose du genre.

Elle ne m'appellera pas, inutile d'insister. J'ai un trou gros comme la Terre dans le ventre. Probablement le même vide que nous avons tous à l'intérieur de nous. Il nous faut d'ailleurs survivre à toutes ces petites morts qui surviennent dans la vie. Mais je ne peux pas accepter que mes rêves fassent du *downhill*. Il n'existe pas de remonte-pentes pour les rêves. Je n'ai rien contre le fait qu'il y ait des obstacles sur notre chemin, je suis juste contre le fait que la vie ne soit que ça, une course à obstacles.

Nous nous sommes menti tous les deux. Allons-nous payer pour ça, un jour ? Mais je lui en veux encore plus que je m'en veux. Et le goût de la vengeance est très long en bouche. Je déteste comment je me sens en ce moment, à soupirer comme le bœuf dans l'étable. Comment peut-on être en amour avec son pire ennemi ?

Pour le reste, je m'en charge. C'est-à-dire, je m'en décharge. En marchant dorénavant dans la vie avec une carapace un peu plus épaisse, avec un air un peu plus détaché. Pour être un homme mature, comme ils disent dans les livres de psycho pop. Un peu plus coupé de ses émotions, un peu plus à côté de lui-même, un peu moins vivant. D'ailleurs, c'est bien parti : l'alcool n'arrive même plus à me faire faire des conneries. Quand je conduis, je ne sens même plus la vitesse. Quand j'écoute de la musique, je n'ai même plus de frissons. Je suis sur la bonne voie. Bientôt, je serai un vrai homme. Bête, triste, con et méchant. Un vrai de vrai. Je cacherai ce qu'est véritablement un homme, un ti-cul avec des responsabilités.

J'essaye de me convaincre qu'elle est une nympho immature et névrosée.

Mais une petite voix n'arrête pas de me chuchoter à l'oreille : oui, mais, si c'était une fille fabuleuse derrière l'image qu'elle se donne tant de mal à protéger ? S'il fallait juste creuser un peu pour découvrir autre chose ? Enjamber les apparences, aller au-delà. Mais comme c'est bel et bien terminé, je pense que je vais agir en gars et sortir avec une fille plus belle qu'elle, avec un avenir encore plus prometteur que le sien.

Elle m'avait coûté si cher en alcool, en bouffe, en restos. Elle qui n'a jamais, jamais rien payé. Après, elle m'a coûté encore plus cher en pilules, en anxiété, en insomnie et en rage.

Un mois après m'être attelé chaque jour à la tâche de l'oublier, je sens que je vais mieux, que je fais de nets progrès. Je reviens d'une soirée avec des amis et je prends mes courriels. Je vois son nom dans ma boîte de réception. Ma main tremblante clique sur son nom. « Allô. Re-moi. Tu es toujours là dans ma tête. On était tellement bien ensemble... Je me retiens de ne pas t'appeler. » Je cours à la salle de bains et je vomis.

Les jours qui suivent, je vogue de petites victoires en petites victoires. Je réussis à éviter le coma éthylique, l'hôpital psychiatrique, toutes les drogues qui, soudainement, me tentent. J'en veux à l'humanité, mais je m'en veux surtout qu'elle me pèse encore autant. Aussi lourdement. Pour l'oublier, je devrai être un autre. Je le sais. Tant mieux, car, de toute façon, je me dois de grandir, loin de cette image de force qui m'atrophie.

Ma haine pour elle martèle ma poitrine. Et si la source en est l'amour, je devrai creuser longtemps pour en trouver quelque trace. Dehors, il fait froid, je ne respire pas. Je suis un automate dans cette foule triste. Nous ne partageons qu'une grande solitude ; ça, il y en a pour tout le monde.

Je vais dans un café, mais je commande une bière. Juste une. Vivre pour aujourd'hui, d'accord, mais être en forme pour demain, quand même. Même si je sais que le présent appartient à ceux qui se couchent tard. Verre vide, je me glisse de nouveau parmi ces autres corps qui se cherchent, dans la rue, en ce dimanche bien dimanche. Seulement la carrure de mes épaules pour donner l'impression que je n'ai pas peur. Pour me donner la force que je n'ai pas.

Je vais à la pharmacie, ma prescription de Clonazepam-R en mains. Je m'assois dans la salle « Recevez ici » avec les autres paumés ou malades ou junkies. En face de moi, une belle étrangère me regarde. Intensément. Et vice versa. Ses yeux sont plus sauvages que les miens. Je crains qu'il n'y ait rien derrière, mais tant pis. Moi, j'y mets davantage de retenue, mais mes yeux courent de plus en plus vite. De ses jambes à ses seins, à ses jambes. Je soupire. Puis je croise de nouveau le fer avec son regard.

La femme est une pomme : il y a de la chair sous l'écorce. Puis, si on creuse encore, on trouve les pépins. La belle étrangère se fait de plus en plus langoureuse. Je cède. Nous allons chez elle. Elle met du Carla Bruni. Se déshabille. Dans le vice, nous plongeons. Voici mon corps, prenez et mangez-en tous... Nous faisons l'amour bêtement. Je veux dire comme des bêtes. Mais avec un condom. Nous sommes quand même en 2005.

Je sors. C'est déjà la fin. Deux solitudes qui se rencontrent ne peuvent que donner une solitude plus grande. Je repense à la névrosée, malheureusement. Je ne retrouverai jamais la candeur de ma jeunesse, elle est enterrée sous des couches de désillusions. Sorti de mes grands souliers, je marche pieds nus dans les ruelles de l'amour. Par terre, c'est plein de verre brisé. Je saigne et je serre les dents. Je ne sais pas si j'ai mal.

J'ai besoin d'un visage connu. Je prends ma voiture et me rends chez Mélanie. Je sors de chez elle vers minuit. Il pleut en février, comme pour souligner ma mélancolie. Tout est noir et silencieux.

La température me surprend : il fait chaud pour cette période de l'année. Mon blouson de cuir est de trop. Pour un instant, l'idée de l'hiver me traverse l'esprit. Je recouvre le paysage de neige blanche. C'est beau. Il fera toujours froid dans ma vie, dorénavant.

Une voiture passe, je ne vois que les phares qui découpent la nuit pour disparaître au bas de la rue, derrière l'épaisse brume. De grosses gouttes d'eau perlent sur ma voiture. L'air humide sent bon. Je serais bien resté là quelques instants, à savourer ce doux moment, mais je suis fatigué.

La pluie se mêle à l'odeur réconfortante de Mélanie qui me monte au cerveau. En réponse à ces effluves, mon cœur pompe l'amour que jamais elle ne me donnera. Je la quitte, mais elle me suit dans les profondeurs nocturnes. Collée à ma peau, elle veille sur moi. Je le sens. Je marche jusque sous mes couvertures. « Pas ce soir », m'a-t-elle dit. « Tu as des choses à régler dans ta vie et moi dans la mienne... et puis je travaille demain matin. » J'aurais voulu lui répondre qu'on aurait pu en régler une partie cette nuit. Mais non. C'est une fille intelligente. Peut-être trop. Je l'aime bien.

Je re-repense à l'autre. Ça m'écœure. Elle m'écœure. Je la cherche partout, dans les paroles de mes chanteurs préférés, dans les yeux des passants, dans les bras de mes amies. Je la cherche, puis je la fuis. Je m'ennuie, mais je ne veux plus jamais la revoir. J'ai envie de pleurer et je rigole. J'ai envie de courir, les pieds cloués. J'ai envie de partir, les jambes coupées. J'ai envie de lui dire « je t'aime », le souffle coupé. Je la cherche partout ; dans le lit des autres, dans des quartiers que je ne connais pas. Je n'ai plus le goût de lui parler, et mes doigts font son numéro. Je n'ai plus le goût de la voir, mais elle danse sous mes paupières — dans mes rêves.

Elle ne m'appelle plus. Elle n'a plus besoin de moi. L'homme est une chaise : quatre pattes et on peut s'asseoir dessus. Je ne mâche pas mes mots, je les avale tout rond. Je ne suis plus rien pour elle, sinon un gars qu'elle a rencontré, comme ça. Mais j'espère la hanter autant qu'elle me fait sacrer. Qu'ai-je été pour elle, moi qui étais supposément si... et si... Et si elle n'avait pas fait la conne, justement, je ne serais pas là comme un con, aujourd'hui, à voir sa sale figure dans chaque goutte de pluie.

J'espère qu'aujourd'hui elle est malheureuse et que ses pensées de moi au conditionnel sont cent fois plus belles que la réalité avec son mec du moment. J'espère qu'elle se rend compte de sa gaffe. Mais elle m'a entraîné et, moi aussi, j'ai échoué. Je n'ai plus le courage de rêver, je n'ai plus de voix pour gueuler, je n'ai plus la force d'avancer.

Lorsque je ne peux dormir, la nuit, je sais qu'elle dort à poings fermés. Et lorsque je ne peux rien faire le jour, je sais qu'elle travaille comme une forcenée. Pour oublier. Quand je suis seul, le soir, je sais qu'elle comble le vide dans les bras d'un autre. Mais pourquoi choisit-elle un abri aussi froid ? Marylène était la femme de ma vie. L'autre Marylène a été la femme de ma nouvelle vie de merde.

Cinq heures du matin. La pluie s'est changée en grésil. Puis, le vent se met de la partie. La poudrerie déferle, comme une mini-tempête sur les toits, et soulève plein de choses en moi. Je divague durant des heures, jusqu'à ce qu'un camion de la ville me sorte de ma torpeur et sorte des centaines de personnes de leur sommeil. Tout ça parce qu'un épais a laissé sa voiture là malgré l'interdiction.

Je sors dans le petit matin qui n'en est pas un. Je vais traîner. Je n'ai rien d'autre à faire. Je porte mon sourire à l'envers, pour aller avec le reste. Les paresseux n'ont pas encore enlevé leurs guirlandes. Je pense en mettre autour de mes épaules pour m'égayer un peu. Les jours se suivent, inlassablement. Les jours sont bêtes, tristes, cons, pressés et stressés. Comme les gens. Qui font tout pour se ressembler. Ils ont peur du changement.

Elle, l'inconsciente, elle court parmi eux, les yeux fermés. Elle n'a pas le temps d'être écœurée, elle est trop occupée. La réalité, elle ne la voit que défigurée par ce qu'elle fume. Elle n'a pas le temps d'être fatiguée, elle travaille trop. Elle n'a pas le temps de penser et, de toute façon, elle ne sait pas comment. Elle m'a complètement raté, elle a tout bousillé. Y songe-t-elle de temps à autre ? Sûrement pas. Je la comprends presque. Elle me fait chier.

Elle est une morte-vivante, voilà peut-être pourquoi elle vivait à moitié. Elle n'existe vraiment que dans ma tête. Il n'y a pas d'amour impossible. Si l'amour est impossible, ce n'est pas de l'amour. Une grosse peine d'amour, c'est comme la varicelle, ça ne s'attrape qu'une fois, et plus ça nous arrive tard en âge, plus ça frappe fort.

J'entre dans un bar. Ma bière s'ennuie. Je téléphone à Mélanie, ma petite princesse. Pour me changer les idées. Elle arrive. Un café en l'attendant. Elle se pointe, le soleil sous le bras. Elle me trouve mignon dans mon rôle de type désabusé. Elle ne me le dit pas, mais je le sais. Elle ne peut rien pour moi sinon poser ses yeux tendres sur mon cœur déchu. Mais elle le fait si bien que je la croquerais tout rond.

Les feux de la passion sont un artifice qui dure l'instant de quelques éclats dans les yeux. Je suis suspendu en haut du pont Jacques-Cartier. Je rentre.

La nature n'a plus de jus. Même moi, je ne crois pas avoir de feuilles avant quatre ou cinq mois. Que du vent à me mettre sous la dent. Que du froid pour me chauffer les oreilles. Sur mon répondeur, la voix d'Isabelle, que j'évite, ces temps-ci, parce qu'elle joue à la psychologue. Parce que je déteste l'entendre me dire, le soir, devant une bière, ce que je me suis répété toute la journée devant une couple d'autres.

On n'a besoin de personne pour sombrer. On n'a qu'à manquer de quelqu'un. Et si, malencontreusement, on n'est pas là soi-même, on n'a même plus d'île sur laquelle rebâtir. Il n'y aura alors peut-être qu'une épave à laquelle s'accrocher. Mais pour combien de temps ?

Je me couche sans histoires. Son parfum ne danse plus dans mon lit, mais je rumine son amertume. Je l'imagine, par un beau samedi après-midi, assise dans le salon, un café froid entre les jambes, à chercher des preuves d'amour dans son poussiéreux album de photos, qui dort déjà.

Les semaines s'égrainent tranquillement. Plus le temps passe, plus le filtre de l'illusion se dissipe. Je souris pour la première fois depuis longtemps. Reprendrais-je du poil de la bête ? Je souris sans raison mais, de toute façon, toute raison serait fortuite.

Le poids du silence de l'appartement me pèse plus que le silence de son cœur. Son cœur qui n'a jamais parlé. Son cœur qui n'a jamais osé. Son cœur qui a réduit le mien au mutisme le plus total. Je croyais son cœur secret, il était tout simplement muet. La Terre continue de tourner. Sans moi. Vivement le soleil, que je crois au lever d'un autre jour qui m'attendrait les bras ouverts.

Je réussis à passer à travers une autre journée à errer, puis, libéré, je me rends à mon quartier général. Je remplace son image par une dizaine de *Belle Gueule* bien froides. Comme elle. Je lève mon verre au clivage de ses désirs. Une belle bière atterrit doucement sur la table en face de moi, après un court voyage sur un cabaret volant. La serveuse n'a pas le plus grand des sourires. Tant pis, je ne lui donne pas le plus grand des pourboires.

Je lève les yeux. Et encore, pas pour rien : beauté à l'horizon. Air coquin devant mine déconfite. Rechute en perspective ? Ma main droite, fatiguée, me crie : « Vas-y ! » Je lui souris. Je ne bouge pas. Je ne me lève pas. Je ne me lève plus. Je suis bien, assis, à ne rien faire. À n'être que bien assis, ce qui est déjà bien assez. Et si, un jour, je suis assez bien pour être bien, assis, je serai heureux d'être resté bien assis, au lieu d'avoir tout tenté, debout. Debout, mais tellement à genoux.

Qu'elle se lève, elle. Pour une fois. Qu'elle fasse les premiers faux pas.

Je décide plutôt d'aller voir Laura, une comédienne-serveuse que j'aime beaucoup trop. Je me réfugie chez la seule qui réussit à faire battre mon cœur un peu plus vite. Elle qui a un magnétisme hallucinant. Ça a probablement à voir avec le fait qu'elle porte des lentilles de couleur qui lui donnent des yeux noisette argentée et qui rendent son regard si intense. Elle a une longue crinière brune, des lèvres qui font oublier Julia Roberts et des seins comme les pamplemousses roses de Floride au début de l'hiver. Et surtout, il y a cette connexion mi-intellectuelle, mi-sensuelle entre nous.

Cette fille-là ne joue pas à charmer, ce qui est rare. Et ce qui fait aussi qu'elle charme d'autant plus. Je la courtise sans bon sens chaque fois. Chaque fois, elle se fâche parce que je la drague même si elle a un chum. Ensuite, elle me boude pendant quelques jours-semaines-mois. Jusqu'à ce que je rapplique au resto. Comme ce soir. Elle prend alors un dernier verre avec moi. On se regarde, on ne se dit pas grand-chose. Mais il y a ces étincelles bleues entre nous qu'on peut voir même sans lunettes spéciales. Et qu'elle feint parfois de ne pas voir.

Quelques jours plus tard, je lui écris un courriel. « Je m'ennuie de toi, tu t'en doutes. Et plus je rencontre des filles, plus je pense à toi. La vie est ainsi mal faite. » Elle me répond que ça ne peut pas continuer ainsi, qu'elle a l'impression de tromper son chum même si elle ne le trompe pas.

Elle précise : « Je cherche à retrouver ces instants sublimes où l'on se sent seuls au monde, où j'ai l'impression que nous sommes dans une bulle rien qu'à nous. Mais, en même temps, c'est cette complicité qui nous éloigne. Parce qu'on ne peut la vivre. Je te connais sans te connaître. L'intérêt que tu me portes me dépasse. L'intérêt que je te porte me dépasse tout autant.

« Je cherche encore ce qui nous unit aussi intensément depuis notre première rencontre, il y a quatre ans. Je suis toujours heureuse de te voir, de lire tes courriels. Tu m'intimides, et j'ai peur de tes paroles autant que de ton regard. J'y lis plein de choses que je crois aussi ressentir. Et le plaisir coupable que j'y trouve me trouble. Je pense trop souvent à toi. J'attends tes courts courriels et tes rares visites avec impatience. Nous verrons-nous bientôt ? Passerons-nous bientôt une autre de ces soirées magiques ? Ma vie quotidienne m'est douce, j'adore mon chum, mais j'ai pourtant besoin de sentir que tu n'es pas loin, que tu penses toujours à moi. »

Oui, je pense à toi, Laura. Parce que j'ai besoin de toi. Parce que tu es la plus charmante, parce que tu es saine, parce que tu es un baume, parce que tu es le contraire de Marylène, parce que tu me redonnes espoir. Parce que je sais que c'est impossible. Surtout parce que c'est impossible. Des fois, je me demande pourquoi on ne plonge pas dans la vie. Qu'est-ce qui nous retient ? On se protège, on a peur de sauter dans le vide. Et pourtant, c'est ça la vie, sauter dans le vide. Qu'on le veuille ou non. Et surtout si on ne le veut pas.

Le soir suivant, je sors dans un bar avec des copains. On boit du vin comme si c'était de l'eau. Il y a une super belle serveuse blonde avec un sourire, un style et des seins époustouflants. Un des copains s'accroche les oreilles dans une névrosée, au bar. D'où je suis — et je suis pourtant loin — je peux entendre le tic-tac de la fille. C'est une bombe à retardement. Puis, tout à coup, monte en moi le dégoût. De tout. De l'alcool, des femmes, des hommes, des bars, de moi. Du fait que je pense encore à l'autre, comme un con. Je rentre.

En pleine crise de désarroi, j'appelle une actrice qui veut me baiser depuis des lunes. « Viens dormir avec moi. Juste dormir. » Elle répond par le classique : « Pis tu penses que… » Je l'interromps tout de suite en lui disant que, de toute façon, elle va venir. Silence. Elle me demande mon adresse. Je veux juste dormir à côté d'elle. Avoir ma dose d'affection mensuelle.

Elle arrive. Et bientôt, sa main caresse mon slip et ce qu'il y a en dessous, par le fait même. Aussitôt, ce qu'il y a en dessous soulève mon slip. Ma main caresse le sien, sans mon consentement, et ce qu'il y a en dessous, par la même occasion. Aussitôt, ce qu'il y a en dessous se met à inonder le slip.

Elle me suce. Puis, elle se retourne, se met à genoux et sent le besoin de me dire « fourre-moi par en arrière », comme s'il fallait absolument joindre la parole au geste. J'écarte ses fesses et la pénètre vivement. Elles veulent toutes se faire mettre par en arrière. C'est comme la musique des années quatre-vingt, ça ne semble pas vouloir se démoder.

Malheureusement, à un moment donné, j'ai un flash du corps de l'autre.

Je débande instantanément. Je n'ai évidemment pas le goût d'expliquer. Elle n'en fait pas de cas. Les filles, elles en ont vu d'autres. Je patine pour la mettre dehors. Dès qu'elle est partie, je m'habille et appelle un taxi.

J'arrive chez Marylène, à mon plus bas. Je sonne à la porte. Et re-sonne. J'ai même imaginé le pire scénario ; elle est au lit avec son ex-armoire à glace. Ou un autre de ses petits cons. La porte s'ouvre enfin. Air endormi et bête. Je suis sous le choc de la voir. Elle lève les yeux en l'air, s'accote sur le mur, découragée. Puis elle monte les marches en laissant la porte ouverte.

J'entre. Gravis les marches à mon tour. Elle fait je-ne-sais-quoi dans la salle de bains. D'ailleurs, on ne sait jamais exactement ce qu'elles font là-dedans, tout ce temps. J'insiste pour dormir à ses côtés. Mais sitôt à l'horizontale, j'agonise. Elle réussit à s'endormir, tandis que je descends tranquillement en enfer.

Le silence fait un vacarme épouvantable. Je n'entends que lui entre chaque goutte de pluie qui vient s'écraser sur le balcon. Les sirènes, au loin, me rassurent ; d'autres sont plus mal en point. Je me désagrège, littéralement. Je pense que j'ai atteint le mal de vivre ultime. Mon moral coule à pic. Je ne fais même pas de bulles, car je n'ai plus d'air.

Je suis un mégafœtus qui sèche dans son lit. Je me tortille comme un verre blanc sous de vieilles poubelles de ruelles. Je voudrais me crisser dans le formol pour quelques années. Prendre un *break* de la vie. La vie, c'est étirer la sauce jusqu'à la mort. C'est vouloir, sans pouvoir, tricher avec la conclusion inévitable. On meurt d'ailleurs beaucoup, chaque jour, en croyant vivre un peu plus.

Au plus fort de la tourmente, j'échoue sur le divan du salon. J'entends l'horloge de la cuisine qui martèle les secondes en les enfonçant une à une dans ma tête. Le mal de vivre, lui, ne fait pas de bruit. Qu'un *splash* de temps à autre, que le bruit des voitures sur le pont enterre, de toute façon.

La luminosité change, subrepticement. Puis, tout à coup, le réveil sonne dans sa chambre. Une station FM d'humoristes hyperactifs me ramène à la joyeuse réalité. Elle va aux toilettes, elle fait d'autres trucs dans d'autres pièces. Pas une fois, elle ne vient me parler. Sauf lorsqu'il est temps de me mettre à la porte parce qu'elle s'en va travailler. Là seulement, elle ouvre la bouche pour me dire un mot. Deux, en fait : « Oublie-moi. » Puis elle s'en va perdre sa vie. Mais moi, je l'ai déjà perdue... puis-je la perdre encore ?

Je marche sur Mont-Royal, en pleine dérive émotive. Au loin, le mât du stade se dresse fièrement, malgré ses nombreux détracteurs, dans un ciel toujours menaçant. Ma bulle se métallise. Les gens décrochent un par un. Ou en groupes. Ça se voit. Dans les yeux. Partout. Dans le métro, dans la rue. L'électron libre a du fil à retordre. La vie et la mort marchent main dans la main. Côte à côte. Un pas de vie, un pas de mort. Allez-y, passez devant moi, je vous en prie. Les femmes et les enfants d'abord.

Je vis encore, mais je n'existe plus. Je suis un arbre mort. Déraciné. Abattu. Un arbre mort ne peut plus se nourrir.

Et cette marque sur ma peau. Écorce cisaillée. Elle est probablement déjà en train de s'amuser avec un autre, comme un chat avec une souris, tandis que je me promène plaie ouverte aux yeux de tous.

Il reste tant à faire, et nous faisons si peu. Se lever chaque matin pour parvenir à l'état de parvenu. Dans ces tours à bureaux où l'on voit des soleils s'éteindre, peu à peu. Coupe à blanc à l'échelle humaine. Les mèches sont courtes, les pétards sont mouillés. Et on ne fait plus long feu nulle part.

Les psys déblatèrent sur notre peur de nous engager, alors que notre véritable crainte, c'est de larguer les amarres. Entre les fades quotidiens et les irréalisables rêves, il n'y a qu'une corde. Particules de rêves, fragments de désirs, miettes de pain ou comble de luxe. *Fast-food* sentimental. On joue au bureau musical, au lit musical. Et la musique ne s'arrête jamais. La vie est une valse, mais ne comptons surtout pas les pas. Ni sur le voisin.

L'enfant tourne en rond en attendant de devenir un homme qui ne va nulle part. Entre les deux, l'ado joue à l'ado, en attendant l'âge d'avoir raison. Ceux qui se surpassent dépassent du lot. Et ce qui dépasse, on le coupe. Cette année, la névrose est encore à la mode. Les attitudes prêtes-à-porter également. Village global des petites solitudes virtuelles. Pénurie de raisons de vivre.

J'ai de drôles de pellicules sur mon veston noir. *Fuck !* De la neige ! Mer-de ! J'ai le cerveau comme une éponge. Je croise Untel, un gars avec qui j'allais à l'université, amateur de *snifette* sociale, qui a mieux réussi que moi. Remarquez que c'est pas très compliqué. Il est maître ès génuflexion. « J'ai revu Geneviève, elle est tombée enceinte », qu'il me lance, sans prévenir. Je reste bouche bée. De quelle Geneviève me parle-t-il ? Enceinte de qui ? Par chance, son cellulaire sonne. Sa femme, pas folle, lui a acheté une laisse électronique. C'est elle, justement. J'en profite pour m'esquiver. J'ai encore plus soif.

Je suis tellement déprimé que je pense entrer dans une secte, une façon à la mode de se suicider. Je choisis plutôt un film plate dans un cinéma près de chez vous. À côté de moi, un gros englouti bruyamment un gros pop-corn et un gros Coke. Grosse soirée en perspective. Le film commence. Je ferme les yeux et je m'endors. Un type en uniforme Famous Player's me tape sur l'épaule. Je sors du cinéma, vidé.

Neige grise partout dans ma tête, neige grise partout sur la ville, comme un manteau d'itinérant. Des pigeons sales fouillent dans la neige sale, des voitures sales s'énervent dans la rue sale. Il n'y a jamais de cessez-le-feu dans ma tête. J'entends mon nom, je me retourne : Annie. Elle m'invite à monter dans sa voiture. La femme est un gros hameçon. Je me cherchais justement une destination quelconque. Me voilà servi. Elle trouve que j'ai l'air décrissé. Elle a toujours été très perspicace.

On arrive chez elle. Le reste, je ne le raconte pas. Ça ne vaut pas la peine. De toute façon, dans un film, on ferait une coupe au petit matin. Un long travelling mielleux sur les vestiges d'un abus. Cette descente aux enfers qu'on appelle communément « la veille ».

Des vêtements traînent par terre, de même que de nombreux verres. Étions-nous seulement deux, vraiment ? Ma main tombe sur la lettre d'un mec que je ne connais pas. Je pourrais la lire, elle dort, mais il me reste un fond d'éthique postéthylique.

J'entre dans sa chambre. *Pan down* sur un corps de femme dans un lit. Un monde dans un autre monde. Qu'est-ce que je fais ici ? Je me pose la question et je sais pertinemment que je ne trouverai pas la réponse. C'est ça la vie, se poser des questions dont on n'obtiendra jamais les réponses. C'est con, mais c'est ainsi.

J'ai les yeux lourds et le cerveau embrumé. Je me sens comme dans un film de David Lynch. J'ai beau essayer de comprendre, je la regarde dans tous les sens, sous tous les angles. Rien à faire, le cœur n'y est pas. Elle est à côté de moi, je suis à des kilomètres.

Je m'étends néanmoins près d'elle. J'ai beau chercher partout, je ne trouve pas le sommeil. Je compte les femmes sautant mes barrières. Je me lève précipitamment. Je m'habille en vitesse et je pars sur la pointe de mes remords.

Dans le taxi, je me rends compte que je n'ai plus rien à faire ici. Montréal et moi sommes deux grands névrosés qui avons besoin d'un *break* l'un de l'autre. Un de nous est de trop dans cette ville. Je crois que le plus simple, c'est que je parte.

Je débarque de la voiture. Je lève les yeux vers mon appart. Un mec est assis dans les escaliers. « Salut mec ! » Je reconnais Bruno. Je souris pour la première fois depuis que ma mère m'a acheté un tricycle. « Ah, Bruno. » Accolade. Je fais une histoire courte : c'est un Français pilote d'hélicoptère. Denrée rare. À tous points de vue. Vit à Paris ou Montréal, je ne sais plus trop.

Et un peu au Brésil. L'été, il va éteindre les feux qui ne manquent jamais de consumer les forêts de l'Ouest canadien. Fait la piastre, puis la flaube aux quatre coins du monde, le restant de l'année. Je l'ai toujours envié. Jalousie mêlée d'admiration.

Il entre, m'annonce qu'il s'en va « fêter à Miami ». Deux synapses collapsent dans mon cerveau. « Je viens avec toi. » « Génial ! » Sans une once d'hésitation. Je réfléchis quelques secondes, comme si j'attendais l'autorisation de mon disque dur. Appel à la compagnie aérienne. Je boucle mes valises. Coup de tête historique, mais réfléchi. Au moins, là-bas, ils savent c'est quoi un soleil.

Dorval. Oui, Dorval. Je n'accepterai jamais Pierre-Eliott-Trudeau. Tous ces gens pressés, ces fourmis qui se prennent pour des gens importants. Ce léger stress qui nous habite toujours dans les aéroports, à la veille des départs. Surtout depuis le 11. Les contrôles. Montrer ses pattes blanches à plein de costumes beiges. Puis l'espace non vital des sièges. Le voisin, aussi en beige, aussi bête que les costumes beiges bêtes du contrôle. Puis, l'air vicié, cette odeur de câlisse qu'on traîne jusqu'à l'hôtel. Le monde était *stone,* il est rendu beige.

Quatre heures plus tard, l'humidité semi-tropicale oxygène l'ensemble de mes cellules. Taxi. TAXI ! Esti. South Beach. J'vais me fâcher, esti. Bruno et moi nous promenons boulevard des blasés, le cœur las et le sexe amorphe, parmi ces tonnes de poupées non complimentables. *What do you want ?* Nous nous rendons jusqu'au bord de la mer. Tant qu'à être au bord de la mer.

Sous le délire du soleil, je me sens comme un gamin. Nous longeons la cohorte de paumés qui font sécher leurs désirs au soleil. Bruno est à côté de moi mais, en même temps, tellement loin. Sauf que, regarde qui parle. Nous échangeons des banalités. Difficile de faire autrement dans le contexte. Nous ne restons pas longtemps, le sable, ce n'est pas pour moi. Ce n'est pas bon pour l'engrenage.

Arrêt bière qui goûte l'eau sous quelque chose qui fait de l'ombre. Je baigne dans mes Adidas. Je sue des idées, dont la très mauvaise de retourner auprès de l'autre. Le cellulaire de Bruno sonne. L'autre gars parle tellement fort que je peux presque entendre ses paroles. Je me remémore nos baises. Pas avec Bruno, avec la p'tite crisse. La dizaine de fois où j'ai entré ma queue dans son vagin. La dizaine de fois où j'ai touché le ciel et frôlé la mort.

L'après-midi explose comme un scandale. Les bières se multiplient. La gang de Bruno semble exponentielle. Il faut croire que les filles sont attirées par ce genre de mec. Nous avalons des burgers extra trans. Reprenons quelques bières. Après la septième ou la huitième, je suis amorti au point de devoir aller faire la sieste à notre hôtel, non loin. L'eau est plus forte que je pensais.

Quelques heures plus tard, le bruit de la douche me réveille. Bruno et une fille en sortent. Il fait noir à l'extérieur. Je les suis sans mot dire. Nous entrons dans un bar où la vodka se commande à la bouteille. *Please.* Peinard ou penaud ? Ricard ou Pernod ? Peu importe. Sur la piste, les gros seins restent de marbre malgré la rythmique infernale de cette musique pour attardés. *Well, you know...*

Elles te regardent avec toute l'intensité du détachement. Toum-tsi-toum-tsi-toum-tsi-toum. *Absolut* « décadanse ». Ils font tout pour te faire capoter dans ce décor postrétro. Le plus drôle, c'est de voir le monde essayer de paraître en contrôle malgré tout ce qu'ils ont ingurgité. *Oh ! I'm sorry...* Ici, tout est trop facile ou trop difficile, c'est selon. *You think so ?* Sky, Sunny, Brandi... les filles ont des noms pour *matcher* avec les *drinks*.

Du monde partout. Au fond, personne. Cliques clinquantes. L'artifice artificiel en superficie superficielle. Le soleil n'est pas le même partout. Ici, il se fait remettre à sa place. Il n'est qu'un prétexte à air climatisé. Ici, le soleil, c'est Elvis en fin de carrière. De nos jours, le soleil est un cancer plus sûr que la cigarette, qui te suit de près, mais te regarde de haut. Arrêtez, s.v.p. de conditionner l'air ! Je me sens pièce de viande suspendue en chambre froide attendant la lame du boucher.

Les seringues dans le sable, les seins exorbités, les pupilles dilatées. Gosses de riches, mais esclaves. Le disco plein fouet, en espagnol s'il vous plaît. Où est l'art ? Où est la vie ? Où es-tu ? Où suis-je ? Quelque chose de très fadasse, malgré les couleurs pastel *all over*. *Very fast food,* airs hautains, regards durs. Le retour aux années quatre-vingt. Parce qu'on n'est plus capable d'avancer, on recule.

Je suis Bruno qui suit des connaissances de connaissances. Un appartement semi-délabré, mais avec vue sur la mer. Une fille semble me suivre partout où je vais. Je la vois double. Je pourrais donc faire un *trip* à trois. J'erre de filles en aiguilles. Je sombre encore dans le coma.

Je me réveille le lendemain matin, dans un lit que je ne connais pas. Nu. Avec une fille que je ne connais pas. Également nue. La femme erreur fatale. Ma main cherche les condoms, à tâtons. Je ne trouve rien dans le lit. Ni sous le lit. Je panique. Finalement, j'en trouve un sur la table de chevet. Mais l'enveloppe est scellée. Je meurs.

La sonnerie du téléphone me ramène à la vie. Quelques instants plus tard, l'infatigable me ramasse. Nous roulons en décapotable. Comme dans les films. Ça me rappelle quand on roulait ensemble, elle et moi. Parfois, elle me regardait comme si j'étais Bono. Puis, parfois, son regard allait je ne sais où. Comme si c'était trop. C'est jamais trop. On ne savait pas. On apprenait. On faisait nos classes, pour le couple qu'on bâtirait plus tard. Chacun de son côté.

Je reviens à Montréal. Je suis écœuré de fuir. Je décide d'aller voir la médium capotée dont mon amie Isabelle m'a tant parlé. Une médium qui l'a jetée sur le cul. Deux jours plus tard, juste avant d'aller la rencontrer, mon amie Mélanie m'appelle. Je lui dis que je suis en train de déraper solide. Tellement que je m'en vais voir une médium. Elle ne répond rien. J'ajoute : « Je le sais que je suis pathétique, c'est déjà ça... » Elle poursuit : « Demande-lui ce qui va arriver avec moi. »

Quelques minutes plus tard, je suis assis devant la fameuse médium. La première chose qu'elle me dit, c'est : « C'est toi qui avais raison dans cette affaire, totalement. Dès qu'elle t'a vu, la première fois, elle a pensé que tu étais l'homme de sa vie. » La médium poursuit sans prendre le temps de respirer. « Vous étiez dans un film exceptionnel, à tous points de vue, et elle a bêtement fermé la télé. Si elle pense qu'on peut bâtir une relation après trois mois... Dans la vie, on commence une relation, puis on voit où ça mène et non le contraire. »

Je l'écoute les yeux et les oreilles bien ouvertes. « Cette fille-là sera très triste dans sa vie de ne pas aller au bout des expériences qui s'offrent sur son chemin. » J'avale ce qui me reste de salive. Et je regarde surtout si la cassette fonctionne parce que je sais que, sinon, Mélanie ne me croira pas.

« C'est une fille qui ne fait que s'étourdir et qui n'est pas du tout *groundée*. Faire un enfant est beaucoup plus complexe que de vouloir un enfant, et elle n'est pas consciente de ça. Elle a une image idéalisée et vit dans un univers presque parallèle. C'est une fille qui a un immense besoin d'amour qu'elle ne réussit pas à combler. »

Elle poursuit de plus belle : « Elle a de profondes blessures d'enfance non actualisées, non résolues. Et elle ne s'est jamais remise de la mort de sa mère. Elle a un tel manque d'amour qu'elle veut trois enfants. Mais elle se dirige tout droit vers une catastrophe. » Je suis tout étourdi, mais la médium continue de mitrailler les mots : « Pour vous deux, il n'y a rien à faire, elle ne changera pas d'idées. Elle ne veut pas aller au bout de votre passion. »

Les mots continuent de débouler : « Elle va se retrouver à coup sûr dans une vie très malheureuse. Elle veut contrôler l'avenir, comme elle veut tout contrôler, mais s'il y a une chose impossible à contrôler, c'est l'avenir. Cette fille a été une sorcière dans une autre vie et elle est encore une sorcière dans cette vie-ci. Elle t'a rendu service en mettant un terme à la relation. L'amour avec elle aurait été une véritable descente aux enfers. Toi, tu l'as vraiment aimée, trop passionnément peut-être, mais, pour elle, ce n'était qu'une illusion. »

Bizarrement, ce tsunami a comme effet de me soulager. Il y a une tonne de moins sur mes épaules. Je suis prêt à partir. « Maintenant, on va parler de toi. » Je me raidis. « Tu n'as jamais fait le deuil de ton premier amour. Parce que tu te sens toujours coupable de ne pas l'avoir sauvée. » Quelqu'un me frappe par en arrière avec un bottin. La médium prend une pause et me fixe. Puis elle poursuit : « On a mis une personne toxique sur ton chemin et c'est ta souffrance refoulée de ne pas avoir secouru ton premier amour qui t'a attiré vers elle. On t'a même aidé, on lui a donné le même nom. » J'ai la mâchoire décrochée. « Inconsciemment, tu as voulu la sauver, elle, pour t'amender de ne pas avoir sauvé l'autre. » Je vais m'évanouir, c'est sûr. La sueur, froide, coule dans mon dos.

« Mais ce n'était pas de ta faute, tu n'y pouvais rien. » Elle a les yeux plongés dans les miens. « Chacun a son heure, et elle, elle devait partir à 18 ans. Tu n'y pouvais rien. Tu comprends ce qu'on te dit ? » Un rideau d'eau emplit mes yeux. « Tu dois absolument te pardonner si tu veux un jour pouvoir te laisser aimer vraiment. L'entretien est terminé. »

Secoué, je me lève, lui donne l'argent et enfile mon manteau. Alors que j'ai la main sur la poignée, elle ajoute : « Dis à Mélanie d'être patiente, qu'il y a de belles choses qui s'en viennent pour elle. » Des frissons me parcourent le cuir chevelu. J'ai la cassette dans ma main, Mélanie ne me croira jamais.

Je la remercie et sors. Je marche sur la rue et je sais déjà que cette femme a appuyé sur le bouton *Reset*.

Cinq mois plus tard, je peux enfin dire que je suis enfin libéré. Je mets des enfin partout. Comme ce enfin venu du fond du cœur de ma sœur, alors qu'elle est passée me voir, un soir, la semaine dernière. Un enfin qui la soulageait peut-être autant que moi, sinon plus. Avant même que je ne dise un mot.

J'ai repris quelques kilos, des couleurs, j'ai retrouvé le sourire et une lueur dans les yeux. Je l'ai échappé belle, même si le tout n'a jamais été exprimé à voix haute. On dirait qu'il y a de ces choses qui ne se disent pas lorsqu'elles se ressentent trop puissamment.

La médium a été un point tournant. Elle a mis le doigt sur le bobo. Et j'ai pu rebâtir à partir de là. Bien sûr, je porte encore des stigmates. Je ne peux pas encore voir son nom dans le journal ou l'entendre à la radio sans sursauter. Devant chaque petite Honda noire, mon cœur se serre toujours un peu. Encore. Je sais qu'il me reste un bout de chemin à faire, mais, au moins, je sais que j'avance. Déjà, d'avancer au lieu de reculer, c'est un pas dans la bonne direction.

Je me sens ni plus ni moins comme un prisonnier qui recouvre sa liberté. Le train a été remis sur ses rails. Le vétérinaire a relâché l'oiseau de proie dans la nature. Bonne nouvelle, je peux encore voler. Je peux aller rejoindre mes semblables.

En voulant m'attirer dans son gouffre, elle m'a fait surgir du néant. En me faisant tant de mal, en essayant de me détruire, elle m'a sauvé. Car, pour renaître, il faut d'abord mourir. Malheureusement, peut-être, il faut avoir été malade pour vraiment apprécier le fait d'être en santé.

Ce n'est qu'après avoir éclairé le passé qu'il est enfin possible de le quitter. Le passé nous constitue, mais ne nous appartient plus. J'ai décidé de dire oui à ma propre vie, à moi-même. Le hasard fera le reste, il le fait toujours. Maintenant, quelqu'un me coulerait dans le ciment que je réussirais à pousser à travers. Je le sais, je le sens.

Au cours des derniers mois, les murs de mon appartement ont reculé de quelques mètres, l'horizon même de la ville s'est élargi. Le soleil a su se montrer patient et se permet maintenant de s'adresser à moi, directement. Il est devenu un compagnon, un interlocuteur. Je le laisse entrer, il passe ses matinées avec moi. On prend notre café ensemble. Il m'enveloppe, me réchauffe.

La peine d'amour est un lendemain de veille. On paye pour le fait que notre cœur soit parti sur le *party*. Mais, oui, le temps arrange les choses. Avec un peu de volonté.

Et pourquoi ne pas glisser le dernier Daniel Lanois dans le lecteur ? Après tout, le bonheur n'est pas exclusivement réservé aux gens heureux. Ce matin, par exemple, le vent caressant. Que ça. La joie. Il faut dire que j'attends un appel d'une journée à l'autre. Pour mon premier « premier rôle ». Et j'ai un bon *feeling*.

Il faut dire aussi que, porté par ce nouvel élan et par la beauté d'un jeudi ensoleillé, je suis arrêté voir ma belle Laura, hier après-midi, au resto. Elle est sortie pour que nous puissions jaser un peu. Sur le trottoir, on a parlé de choses et d'autres. À un moment donné, j'ai plongé. Triple saut périlleux. Coefficient de difficulté inégalé. « Laisse ton chum. » Elle m'a regardé avec des yeux que je n'ai jamais vus. Et, cette fois, ce n'étaient pas les lentilles.

Elle a souri, d'une façon lumineuse, puis m'a dit : « À condition que tu me maries. » Moi, Alex, le « vraiment tanné des filles » ? Moi, moi, moi, me marier ? ! Remarquez que j'aime même son chaton, c'est peut-être un signe. Et comment refuser ça à une fille qui a appelé son animal Jean-Coutu ?

Cet ouvrage a été composé en Times New Roman
corps 13,5/16 et achevé d'imprimer au Canada
en septembre 2005 sur les presses de Quebecor World
Lebonfon, Val-d'Or.